KB001156

에어비앤비의 청소부

• 이 도서의 국립중앙도서관 출판시도서목록(CIP)은 서지정보유통지원시스템 홈페이지(http://seoji.nl.go.kr)
와 국가자료공동목록시스템(http://www.nl.go.kr/kolisnet)에서 이용하실 수 있습니다.
(CIP제어번호: CIP2018029749)

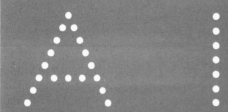

박생강 장편소설

에어비앤비의 청소부

은행나무

차례　　　에어비앤비의 청소부　·　007

　　　　　작가의 말　·　173

1

나는 빈방에 누운 살아 있는 시체였다. 직장인들은 대개 출근하지 않는 날이면 늦은 시간까지 베개에 머리를 묻고 살아 있는 시체가 된다. 몸을 일으키던 나는 다시 베개에 머리를 묻었다. 암막커튼이 쳐 있어 지금이 몇 시인지 파악조차 힘들었다. 다만 한 가지는 확실했다. 오늘은 일요일, 출근하지 않는 날이었다. 그리고 몇 시간 전만 해도 이 침대에 누워 있던 사람은 둘이었다.

이불 속에 파묻힌 나는 침대 매트를 손바닥으로 꾹 눌러보았다. 이 방의 침대는 서울 인근 위성도시인 일산의 사십 평대 아파트 내 방 침대와는 확연히 달랐다. 당연했다. 이 방의 침대는 나만의 것이 아니었다. 수많은 사람들이 눕고, 뒹굴고, 서로의 알몸을 탐닉하다 잠드는 침대였다. 그래서인지 매트리스 쿠션은 사나흘 굶은 북극곰의 뱃살처럼 탄력 없이 물컹했다.

그렇다고 침대의 시트가 내 취향인 것도 아니었다. 이케아에서 산 것이 틀림없는 얄팍한 침대시트와 베개커버 촉감이 껄끄러웠다. 나는 탄성 있는 매트리스를 선호하는 동시에 폭신한 이불과 이불커버를 좋아했다. 어쩌면 처음 이 방에 들어와 침대시트와 이불을 뒤적대며 투덜댈 때부터 나와 그녀 사이에 금이 갔는지도 몰랐다.

침실문을 열자마자 나는 어설프게 세팅된 침대를 가리키며 말했다.

"이케아 거적때기를 덮어야 하는 거야? 이러느니 차라리 이태원에 있는 부티크 호텔을 예약하는 게 나을 뻔했다."

사실 쪽문 같은 나무문을 열고 계단에 첫발을 내딛을 때부터 기분이 별로였다. 꼭대기까지 이어진 좁은 계단에서는 지린내가 폴폴 풍겼다. 가뜩이나 좁은 계단에 무슨 잡동사니를 그리 많이 쌓아놓았던지. 박스에 박스를 얹고, 개와 고양이 사료 포대가 곳곳에 있고, 개털 먼지 그득하게 쌓인 스툴의자 여러 개가 자리를 차지하고 있었다. 그나마 하룻밤만 묵을 예정이어서 짐이 없었고, 우리에게는 다행이었다. 큰 트렁크를 들고 그 계단을 올랐다면 에어비앤비에 들어온 건지 지옥문의 출입구를 연 것인지 헷갈렸을 테니.

하여튼 그녀가 에어비앤비 호스트에게 문자메시지로 받은 잠금장치 패스워드를 입력하고 체크인을 할 때까지도 나는 뒷짐만 지고 있었다. 하지만 괴로움은 거기에서 끝나지 않았다. 예약한 에어비앤비 숙소로 들어간 나는 침실문을 열자마자 무늬만 모던할 뿐 여러 번 세탁해 거적때기처럼 변한 이케아 침대시트와 이불커버와 마주치고 말았다.

끔찍했다. 나는 이케아포비아였다. 물론 그런 이유로 몇 시간 전에 나의 여자친구가 먼저 이곳을 떠난 것은 아니었다. 솔직히 말하지만 시체가 된 지금까지도 나는 그 이유를 알 수가 없다.

더구나 이 공간에서 내내 기분이 나빴던 것도 아니었다. 우리가 예약한 에어비앤비는 투룸이지만 그리 넓지 않았다. 그래서인지 에어비앤비 호스트는 작은 방의 문짝을 뜯어내고 공간을 터서 서재로 꾸며놓았다. 서재에는 웅크리고 앉아 책을 읽기 좋은 야트막한 회전의자 두 개가 있었다. 책을 올려두기 좋은 원형의 정감 가는 단단한 목재 테이블도 놓여 있었다. 그리고 자그마한 이 단짜리 책꽂이에는 여행서적, 소설, 시집, 외국인을 위한 불어, 영어, 일어 등 문고판 원서 소설책 들이 꽂혀 있었다.

그 사랑스러운 서재 앞에서 나와 여자친구는 무너질 수밖에 없었다. 우리는 둘 다 책을 좋아하는 사람이었고, 우리가 처음

만난 곳 역시 논현동 카페에서 열렸던 한 독서모임에서였다. 그렇게 작고 사랑스러운 서재라니. 여자친구 역시 이태원 에어비앤비를 검색하면서 그 서재 사진을 보지 않았다면 이 집을 예약하지 않았을 거라고 했다.

게다가 책꽂이 위에는 비틀스부터 추억의 걸그룹 핑클의 베스트앨범까지 CD가 가득 담긴 바구니가 놓여 있었다. 그 바구니 위로 끈을 잡아당기면 작동하는 벽걸이 CD플레이어가 있었다. 우리는 핑클의 〈영원한 사랑〉을 틀어놓고 킥킥대며 웃기까지 했다. 그녀는 가장 노래를 잘하던 핑클 멤버의 애교 포즈를 과장되고 흉측하게 따라했다. 나의 연인은 담담한 첫인상과 달리 정말 웃긴 사람이었다. 그 이유로 반한 것은 아니지만, 그 때문에 기꺼이 행복했다. 허접한 침실과 이케아 침대시트에 대한 짜증이 씻겨갈 만큼.

CD플레이어 옆에는 사람들이 남겨놓은 메모가 적힌 포스트잇도 벽지에 붙어 있었다. 처음 연애를 시작한 커플의 유치한 멘트, 여자 친구들끼리 우르르 몰려와 서로의 이름을 남기며 적은 글귀, 어느 나라인지 알 수 없지만 외국에서 온 커플들이 영어로 남긴 짧은 작별인사. 그녀는 포스트잇 한 장에 직접 글귀를 적어 벽에 붙였다.

우리의 행복하고도 낯선 토요일이 되기를. 2017. 6. 3

우리는 2017년 6월 3일 토요일 내내 이태원에서 행복한 시간을 보냈다. 밖에 나가 번화가에서 저녁을 먹고 수제맥주로 입가심을 했다. 자정을 넘긴 시각 외국인들과 게이들이 뒤섞여 춤추는 자그마한 클럽의 스테이지에 올라 마룬5의 히트곡 〈Move Like Jagger〉에 맞춰 춤을 췄고…… 웃통을 깐 털북숭이 외국인 배불뚝이가 슬그머니 내 허리께를 터치하는 바람에 기겁하고 말았다.

새벽 두 시 서재가 있는 에어비앤비로 돌아온 뒤에 우리는 침실에서 익숙하게 서로의 몸을 탐닉했다. 그녀의 앙증맞은 젖가슴은 내 큼지막한 손에 쥐기 딱 알맞았다. 여전히 그녀는 내 어깨를 깨물고 굵은 목을 힘껏 껴안았다. 언제나 그녀는 기분이 좋을 때면 그런 행동이 나왔다. 그녀는 나른한 목소리로 내 목덜미 뒤쪽에 그녀의 영문이름을 이니셜 타투로 새기고 싶다고 했다.

그래, 그 말에 기분이 상한 건 나였다.

"미안, 난 래퍼가 아니라 회사원이야."

사랑을 나눈 후에는 잠시 베개에 얼굴을 묻었다. 졸음 때문에 정신을 놓을락 말락 하던 순간에 그녀의 담담한 목소리가 들렸다. 잠시 서재에 나가 책을 읽겠다고 했다. 책꽂이에 니코스 카잔차키스의 『그리스인 조르바』가 꽂혀 있는 걸 봤는데 예전에 반쯤 읽다 포기해 다시 읽어보고 싶다고 했다. 나는 알았다고 말하고 뒤돌아 누웠다.

나는 잠이 들었고 그 뒤에 그녀가 다시 나를 깨웠다.

"이기적이야."

아이러니하게도 어둠 속에서 그리 말하는 그녀의 긴 머리와 몸매의 실루엣이 아름다웠다. 나는 그녀의 허리 쪽을 손으로 감쌌다. 본능이 아니라 오랜 습관처럼 자연스레 나온 행동이었다. 그녀는 내 손등을 내리쳤다.

"이러고 싶어?"

그 행동에 나도 기분이 상해 빈정거렸다.

"내가 그렇게 이기적인 남자였다고? 아무리 생각해도 그건 아니지 않냐?"

"겉보기엔 비누 냄새 날 것 같은 다정한 놈이라고 해줄게. 하지만 포장지를 뜯어보니 쓰레기인 경우가 더 황당하겠지?"

그다음에 고성이 오가고 연인과의 다툼은 그렇게 끝났다. 그녀는 짐을 챙겨 나가겠다고 했고 나는 붙잡지 않았다. 그 순간의 내 감정을 딱 한마디로 요약하자면 이랬다.

피곤하다. 서른다섯의 연애는.

그녀를 위해 손재주도 없는 내가 룸메이트와 함께 사는 그녀의 집에서 이케아 DIY 가구를 조립하려 버둥거렸다. 맞다, 내가 이케아를 혐오하게 된 건 그래서였다. 손이 크고 손가락이 다부지게 굵었지만 나는 망치와 못, 드라이버와 나사, 형광등을 능숙하게 다루는 사내가 아니었다. 내가 다니는 기업의 재무부서의 업무처럼 책장을 넘기고, 서류의 숫자를 조합하고 계산하는 일이 내게 맞았다. 하지만 연애를 위해서라면 나의 장점 아닌 단점마저 타인을 위해 재조정해야 하는 순간이 필요했다.

사랑한다면, 그게 가능한 일이라고 생각했다. 하지만 사랑 또한 진심의 감정이 아닌 서로를 위한 노력에 불과하다면 한계가 있었다.

나는 눈을 붙였고 잠에서 깨어났을 때 혼자였다. 낯선 집, 수많은 사람들이 뒹굴었을 침대 위에서 덩그러니. 살아 있는 시체처럼. 나는 감정에 대해 생각했다. 감정이란 문제는 어려웠다. 향기나 악취도 없고, 논리조차 없다. 그러니 남녀 사이의 문제를 소재로 연애기술백서를 팔아 먹고사는 저자는 변기에 머리를 처박고 죽어야 한다.

'아, 변기, 변기가 깨끗하지 않았네. 에어비앤비 사이트에 이 집에 대한 후기를 이렇게 적어야겠군. 그 하얀 변기 위에 놓인 구불구불한 털을 보는 순간 저와 여자친구는 이 집에 들어온 걸 피 토하고 후회할 뻔…….'

생각해보니 이 집을 예약한 사람은 내가 아니라 그녀였다. 고로 악평을 달 자격은 내가 아니라 오직 그녀에게…….

13

그때였다. 갑자기 현관문 잠금장치가 열리는 찰칵, 소리가 들렸다. 곧이어 쿵쿵대는 발소리와 함께 침실문이 활짝 열렸다.

침실로 빛이 쏟아져들어와 절로 미간이 찌푸려졌다.

나는 그 순간 살아 있는 시체에서 일요일 어느 날 낯선 집에서 눈을 뜬 배 나온 삼십대 평범한 회사원으로 돌아갔다.

"어, 아직 계시네요?"

녀석은 빈방에 굴러다니는 찌그러진 맥주캔을 보듯 시큰둥했다.

"네, 그렇게 됐는데…… 잠깐 문 좀 닫아주시면 안 되나요?"

하지만 녀석은 밖으로 나가지 않고 빤히 나를 보았다.

"저기, 게스트님 지금 한 시거든요. 제가 문자 보냈는데 답도 없으셨어요."

나는 문자를 받지 못했다. 이 집을 예약한 그녀는 새벽에 떠났다. 그녀는 퇴실 유무를 묻는 문자메시지를 받고도 내게 연락조차 하지 않은 것이었다.

"어떻게…… 해야 하죠?"

키는 나보다 한 뼘쯤 컸지만 비리비리한 체격의 이십대 초반쯤으로 보이는 놈이었다. 바닥에 떨어진 쓰레기가 없나 어정대는 폼이 꼭 걸어다니는 앙상한 옷걸이 같았다.

나는 녀석이 혹시라도 여분의 추가 요금을 원한다면 맞서 싸울 준비가 된 상태였다.

이케아로 시비를 걸기에는 좀 문제가 있었다. 대부분의 에어
비앤비가 이케아 시트를 마르고 닳다가 해지도록 쓰는 것 같
았으니까. 하지만 변기의 불결과 계단의 너저분함은 이 집만의
확고한 단점이었다.

웹사이트에 후기를 달 자격은 내게 없었다. 하지만 대놓고
호스트에게 불만을 토로할 자신은 있었다. 나의 연인도 그게
내 장점이라고 했다. 마음에 안 드는 물건을 환불할 때 물건의
단점을 옆에서 따박따박 지적해준 남자친구는 처음이라면서.
세상에, 나는 연인을 위해 폭발적인 진상까지 연기할 수 있던
남자였던 것이다. 그런 내가 쓰레기라니, 이해할 수 없었다.

"게스트님, 저 청소할 거니까 그냥 천천히 씻고 나가세요. 어
차피 다음 게스트 들어오기까지 두 시간 남았는데요, 뭘."

"아, 그런가요?"

뭐랄까, 녀석의 시큰둥한 어조는 손쉽게 상대방의 전투력을
상실시키는 힘이 있었다.

그러니까 예를 들어 이런 것.

미치도록 변비가 심해. 뭐, 그냥 관장약을 팍 써보시죠. 나는
그녀가 죽도록 싫어. 그럼 싹 헤어져. 나는 그 상사새끼를 참을
수가 없다고. 그럼 서류철로 뒤통수를 툭 갈겨보라고.

녀석은 아예 청바지 주머니에 손을 넣고 휘적휘적 침실을 가
로질렀다. 그 바람에 나는 화들짝 놀라 이불로 배를 가렸다.

"죄송한데요, 청소해야 하니까 창문 열겠습니다."

그러고서 침실 창문의 암막커튼을 젖혔다.

나는 팔을 들어 얼굴을 가리려 했지만 침실은 그럴 만큼 눈부시지 않았다. 침실이 북향인 데다 큰 건물이 가로막고 있어서 한낮에도 빛이 거의 들어오지 않았다.

녀석은 어색하게 팔로 얼굴을 가리고 있는 나를 보고 피식 웃었다. 햇빛도 들지 않는데 지레 겁먹고 얼굴을 가리는 내가 바보 같겠지. 나는 별것 아닌 일이었지만 괜히 자존심이 상했다. 어쩌면 녀석은 나를 어젯밤 이태원 클럽에서 여자를 낚아보려다가 실패해 혼자 열나게 배꼽 아래 물건이나 흔들어대다 잠든 놈팡이로 여기는지도 몰랐다.

아, 그건 진짜 수치스러웠다.

"저기…… 여기 계단 말입니다, 계단."

"계단요? 계단이 왜요?"

"냄새도 지독하고 좁아 터지고……."

나는 최대한 자연스럽게 팔을 내리며 투덜거렸다.

"아, 계단이 좀 좁지요. 집 주인이 옥탑에 사는데, 그 옥탑이 좁은지 이 계단을 거의 창고로 사용합니다. 개와 고양이를 좋아해서 사료도 쌓아둬요."

녀석은 그러면서 슬그머니 고개 돌려 나를 보았다.

"주인양반은 개랑 닮았고요. 주인아주머니는 고양이와 닮았죠. 그 1층에 있는 선술집이 주인집 부부가 운영하는 술집이고요. 아, 2층에는 주인아주머니의 시아버지이자 실질적인 이 집의 건물주인 아흔 넘은 노인이 살고 있습니다. 그래서 제가 처음에 조금 조용하게 움직여달라고 부탁드린 거죠. 문을 쾅쾅, 닫으면 잠귀가 밝은 어르신이 놀라신다네요."

나는 녀석의 능청스러운 주절거림에 엮이지 않을 작정이었다.

"그런 말은 듣고 싶지 않고요. 하여튼 지린내가 지독합디다."

그 말을 듣고 조선백자처럼 하얀 피부의 녀석이 그보다 더 하얀 이를 드러내고 웃었다. 그때 녀석의 뾰족한 송곳니도 눈에 들어왔다. 뭔가 사악한 인상을 주는 치아로군. 얼굴에 점점이 박힌 갈색 주근깨도 눈에 들어왔다. 신이 심술 맞게 그의 얼굴에 라면스프를 툭툭 뿌린 것 같군, 이라고 생각했다.

"죄송합니다. 제가 사전에 문자 보냈는데 못 보셨나봐요. 대형 레트리버가 계단을 오르락내리락하다 가끔 실례를 해요. 뭐, 개한테 기저귀를 채울 수는 없잖아요."

"변기…… 변기는……."

변기 위에 구불구불한 털까지 지적하면 너무 좀팽이처럼 보이는 게 아닐까 싶어 망설여졌다.

에어비앤비는 웹상의 에어비앤비 홈페이지를 통해 게스트와 호스트 간의 거래가 이루어진다. 또 게스트는 자신이 머물렀던 호스트의 집에 대해 후기를 남길 수 있었다. 최고로 편안한 장소예요, 부터 다시는 가고 싶지 않은 헛간, 이라는 말까지 마음대로 적는 것이 가능했다. 반대로 호스트 역시 게스트에 대한 후기를 남길 수 있었다. 그 정보가 고스란히 홈페이지에 남았다. 당연히 쌍방의 정보가 공개되므로 불쾌한 후기를 남기고 싶은 경우 그 말을 우아하게 돌려 까는 스킬이 중요했다.

"화장실 청소는 제일 마지막에 할 거니까. 뭐, 시원하게 똥 때리러 가셔도 괜찮아요."

'나는 낯선 인간과 나의 배변작용에 대해 이야기를 하고 싶지 않아.'

녀석은 아무래도 호스트로서의 자질이 부족한 것 같았다. 에티켓 점수 0점.

그는 그렇게 말하고서 침실 구석에 놓인 핸디청소기를 들고 바닥을 청소하기 시작했다. 덩치는 고작 거위만 한 것이 폭격기 못지않은 폭음을 자랑하는 저 핸디청소기라니. 문득 지난달에 장만해 내 방에 모셔둔 저소음 진공청소기가 그리워지는 순간이었다.

그런데 그 순간 나는 뭔가 녀석에게 한 방 맞은 기분이 들었다. 정말 대장 안에서 거위가 뒤뚱뒤뚱 걷는 양 아랫배가 꾸룩꾸룩 아파왔다. 나는 마음이 다급했지만 최대한 품위 있게 걸어 욕실로 향했다.

변기에 앉은 내 기분은 부글부글했고 내 항문도 비슷한 소리를 냈다. 일을 본 후 아예 샤워까지 했지만 욕실이 좁아서 불편했다. 욕조는 언감생심 샤워부스는커녕 샤워커튼조차 없는 욕실이었다. 세면대 위에는 샴푸, 린스, 바디로션, 비누, 폼클렌징, 손세척제 따위가 한 줄로 늘어서 있었다. 그 좁은 욕실에 세탁기까지 한 자리를 차지하고 있었다. 결국 조심조심 씻었지만 세탁기는 물론 온 사방에 물이 다 튀었다. 구질구질한 욕실이었다.

"뭡니까?"

"잠시만, 문 좀 열어주세요."

내가 문을 열자 수건 한 장을 든 손이 쑥 들어왔다.

"수건 안 가지고 들어가셔서."

나는 낚아채듯 재빠르게 수건을 가져갔다. 문득 아무 생각 없이 침실 바닥에 내던진 콘돔 비닐포장이 떠올랐다. 아마 녀석은 그걸 보고 피식 웃으며 쓰레기통에 던져 넣었을 것이다.

나는 다시는 에어비앤비 따위 예약하지 않으리라 다짐했다. 그때였다. 옥탑에 산다는 주인집에서 컹컹 요란하게 개 짖는 소리가 들렸다.

나는 드라이어로 머리를 말리면서 이 집을 한 번 더 예약하리라 생각했다. 녀석은 서재 구석구석을 청소기로 밀고 있었다. 이제 저 서재도 꼴 보기 싫었다. 서재 따위 윗집에서 컹컹대는 개한테나 주기를.

나는 에어비앤비 호스트에게 당한 수치를 악성 후기로 보복할 계획이었다. 그러려면 어쨌든 내 이름으로 다시 한번 예약할 필요가 있었다.

"호스트님, 이렇게 운영하시면 오래 못 갈 거예요."

나는 이 풋내기 에어비앤비 호스트에게 그리 말하고 서둘러 그곳을 떠났다.

2

　며칠 후, 나는 그 망할 집으로 돌아왔다. 이번에는 둘이 아닌 혼자였다. 물론 악성 후기를 남기려는 공격의지가 풀풀 넘쳐 이 집을 예약한 것만은 아니었다. 피곤해서 어디든 들어가 처박히고 싶은 날이었다. 직장인들에게는 그런 날이 있었다. 집과 회사가 아닌 어딘가에 하룻밤이라도 아무 생각 없이 여행가방처럼 처박히고 싶은 순간이.

　그날은 며칠이나 이어지는 긴 야근의 최고점에 다다른 수요일이었다. 나는 자정 가까운 시간에 퇴근했다. 머리카락이 땀과 피지에 절어 두피에 척 들러붙고, 머릿속이 90년대 컴퓨터 모니터처럼 무거운 날이었다. 공덕에 있는 회사에서 일산에 있는 집까지 지하철 막차를 타고 갈 기분이 아니었다. 택시비를 내고 집에 간다고 한들 사십 평 아파트에서 나를 반겨줄 가족은 없었다. 어머니, 아버지, 여동생까지 세 식구나 있는데.

퇴근 중 엘리베이터에서 내가 묵었던 에어비앤비를 보니 마침 비어 있었다. 하루만이 아니라 주말 빼고 다음 주까지 평일은 다 비어 있었다.

'망하지 않는 게 용하다.'

더구나 내 악성 후기 한 번에 평점 별 하나면 그 집은 처참히 몰락할 터였다.

나는 공덕역 앞에서 택시를 잡아타고 이태원 해밀턴 호텔 앞에 내렸다. 평일이지만 몇몇 외국인들이 펍 앞에서 오, 와, 감탄사를 내뱉으며 수다를 떠는 홍석천거리를 가로질러 언덕으로 향했다. 언덕을 오르기 전 가게 앞에 찌그러진 맥주캔이나 아이스크림 포장지 쓰레기가 무진장 쌓여 있는 편의점에 들어갔다. 그곳에서 캔맥주 두 개와 생수 한 병을 샀다.

나는 편의점 비닐봉지를 왼손에 든 채 언덕 위로 올라갔다. 이태원의 밤거리는 점점 조용해졌다. 오른쪽으로 꺾으니 한없이 조용한 거리가 나왔다. 언뜻 보기에 레스토랑을 하기도, 그냥 내버려두기도 애매한 지역이었다. 원주민들이 떠난 그 자리는 결국 다세대주택을 개조하거나 새로 건물을 올린 게스트하우스들 차지였다.

내가 머물렀던 에어비앤비가 있는 건물은 게스트하우스와

자그마한 부티크호텔 사이에 있는 폭이 좁고 길쭉한 3층짜리 다세대주택이었다. 아, 3층이 아니라 4층이었다. 주인이 불법 건축했다는 옥탑방까지 포함한다면.

집주인은 옥탑에 살면서 1층을 일본식 선술집으로 개조해 운영하고 있었다. 선술집 옆 벽면에는 동그란 눈에 귀여운 모습의 개와 고양이 벽화가 그려져 있었다.

나는 건물 뒤쪽에 자그마하게 있는 나무 쪽문을 열고 계단으로 올라갔다. 그날 밤도 여전히 개 오줌 냄새가 났다. 벽화 속 레트리버는 귀엽지만, 진짜 그 놈은 계단을 오르내리며 오줌이나 지리는 녀석이었다.

'이번에는 확실한 후기를 남겨주겠어.'

하지만 그 작은 집에 들어선 나는 이상하게 나른해졌다. 피로가 단번에 훅 밀려온 것은 아니었다. 따뜻한 물로 샤워를 하고—다행히 온수는 잘 나오고, 수압도 좋았다—서재 의자에 앉아 있으니 피로의 껍질이 벗겨지고 사람이 몽글몽글해지는 기분이 들었다. 나는 벽걸이 CD플레이어에 에이미 와인하우스의 앨범을 넣고 물끄러미 앉았다. 그리고 캔맥주를 마시며 창문 밖으로 이태원의 야경을 보자니 대도시의 하수구에 숨은 시골 쥐처럼 뭔가 센티멘털해졌다. 악랄한 후기를 남기고자 하는 군건한 의지가 불타는 대신 희한하게 지금의 내 삶을 돌아보게 되었다. 조금은 미지근해진 맥주가 천천히 내게 스며들었다.

혼자 있는 밤이라지만 이상한 일이었다. 사실 일산의 사십 평대 아파트에서도 나는 늘 혼자였기 때문이었다. 4인 가족에게 넓은 평수의 아파트가 주는 장점이 분명 있었다. 서로 소, 닭 보듯 하는 가족끼리 마음만 먹으면 방에 틀어박혀 숨기 수월했다. 하지만 아무리 외면해도 어쩔 수 없이 한 공간에서 마주치는 순간이 존재했다.

그럴 때면 아버지는 늘 자식들에 대한 불만을 토로했다. 명예퇴직 이후 어디에도 속하지 않는 존재를 버거워하는 인간. 그것이 나의 아버지였다. 그는 그 무기력을 잔소리로 해소했다. 문제는 나나 여동생이나 잔소리를 들을 만큼 엉망으로 살지는 않았다는 점이다. 여동생은 외국계 로펌의 비서로 이직해 커리어 경력에 최고점을 찍었다. 나도 야근에 야근을 거듭하며 성공한 개떡 같은 삶을 사는 중이었다.

물론 우리 남매 모두 따뜻한 성격은 아니었다. 하지만 흥청망청 삶에 온몸을 맡기는 라이프스타일 또한 아니었다. 당연히 아버지의 잔소리가 고깝고도 피곤했다. 우리는 알고 보면 당신보다 더 치열하게 살아가는 중이었다.

이름 있는 기업의 평범한 회사원이었지만 사회 지도층은 아니었던 아버지가 딱히 갈 곳은 없었다. 아버지는 그 나이 또래에 비해 유창하게 영어와 불어 문장을 구사할 수 있었다. 하지만 환갑의 꼬장꼬장한 사내에게 외국어를 배우려는 사람들은 어디에도 없었다. 그렇다고 어머니처럼 교회에 다니며 종교생활에 열중하지도 못했다. 아니, 그게 불가능한 사람이었다. 아버지는 교회에 헌금을 내느니 차라리 은행에 적금을 들자는 주의였다.

아, 종교에 관한 관점은 나나 아버지나 비슷했다. 나는 종교란 히말라야나 시베리아, 사하라 같은 극한의 지역에 사는 사람들이 삶을 버티기 위한 강장제 같은 거란 생각이 있었다. 내 인생이 행복하지 않고, 내 직장이 아무리 야근을 반복한들, 그곳이 극지방은 아니었다. 최소한 냉방과 난방은 만족스러운 공간이었다. 물론 당연히 나는 회장과 회장의 장남인 사장을 신처럼 떠받들기를 바라는 회사의 은밀한 압박을 혐오했다. 단 혐오의 대상이 월급을 내리니 별 수 없었다. 불온함을 티내지 않고 넙죽 엎드리는 수밖에.

나와 여동생은 똑같이 아버지의 잔소리를 듣는 입장이었으나, 우리 역시 돈독한 사이는 아니었다. 여동생 설희도 나를 안 좋아했다. 이해는 갔다. 우리 둘 다 듬직한 오빠나 애교 있는 여동생과는 거리가 멀었다.

그녀는 나와 말을 섞을 때마다 빈정거렸다. 최근에 그녀에게 들은 말은 이랬다.

"나는 어렸을 때 오빠가 게이가 아닐까 의심했어. 딱히 여자를 좋아하는 것 같지 않아서."

내가 황당해하는 사이 설희는 고개를 내저었다.

"그런데 지금은 그게 아니란 걸 잘 알지. 오빠는 성별에 상관없이 인간을 나무토막처럼 여기거나 경멸하는 타입이지. 일종의 사회적으로 잘 조련된 소시오패스 같은 성격으로 생각하기로 했어."

여동생의 말이 자꾸 떠올랐다.

사회적으로 잘 조련된 소시오패스.

'내가 정말 그런가?'

이 방에서 다툰 이후 나는 그녀에게 연락을 하지 않았다. 의도적인 냉전은 아니었다. 언제나 그렇듯 내가 속한 재무부서는 월초에 처리해야 할 일이 산더미였다. 그리고 예전에도 우리들은 일주일 가까이 서로 연락을 끊은 적도 있었다. 하지만 서재 창으로 들어오는 달빛을 불빛 삼아 낮은 회전의자에 앉아 있자니 사람이 좀 이상해졌다. 내 뒤에 길게 늘어선 그림자가 불쑥 발뒤꿈치를 들고 일어서 내 뒤통수와 어깨를 내려보고 있는 것 같았다.

'나의 연애는 연애를 위해 존재하는 게 아닐까?'

어느 정도는 사실이었다. 세상은 연애하는 사람보다 연애하지 않는 사람을 평균에서 벗어난 비관적인 존재로 생각하기 일쑤였다. 나는 평균에서 벗어나는 것을 견디기 힘들어하는 인간이었다. 하지만 연애의 목적이 그렇더라도 내 진심을 상대방에게 들키지 않으려고 애썼다.

솔직히 고백하자면 내가 로맨스적 설정이 깔린 소설을 즐겨 읽는 이유 또한 다른 이들과 달랐다. 나는 소설 속 로맨스에 젖지 않았다. 두 남녀가 어떤 방식으로 사랑에 빠지는가를 머릿속에 수치화해서 생각하는 일들을 즐겼다. 우뇌로는 로맨스의 서사를 지켜보며 좌뇌로는 감정의 그래프를 수학적으로 그려보는 것이었다. 그러다보면 어느새 작가들의 계획적인 그래프들을 머릿속으로 그려볼 수 있었다.

그와 그녀는 서로를 발견한다. 그것은 불신일 수도 있고, 호감일 수도 있고, 혹은 경멸일 수도 있다. 소설이 진행되다 보면 어느 순간 변곡점에 이른다. 그 변곡점이 지난 후에 두 사람의 감정은 랑데부의 아름다운 선을 그린다.『젊은 베르테르의 슬픔』성격의 남자가 뒷걸음질 치다『오만과 편견』성격의 그녀와 만날 수도 있는 것이다.

하지만 소설과 현실은 달랐다. 두 사람의 관계가 변곡점에 이르는 순간 나의 연인들은 귀신같이 내 진심을 알아차렸다. 텅 비어 있는 마음. 성욕조차 어쩌면 설정일지 모르는 온통 수치화된 연애감정으로 채워진 한 인간. 어쩌면 그게 나였다. 그런 나에 대한 주변인의 후기는 이러했다.

여동생의 후기, 사회적으로 잘 조련된 소시오패스. 마지막 연인의 후기, 포장지만 번드르르한 쓰레기. 아버지의 후기, 뱃살을 빼지 않고 주말에는 방에서 잠만 자는 게으름뱅이. 어머니의 후기, 교회에 다니는 아가씨들이 좋아하기엔 신에 대한 믿음이 없는 염세주의자.

그런 까닭인지 나의 연애는 시작은 쉬웠지만 늘 일 년을 넘기지 못했다. 이번에 사귄 그녀와는 일 년을 넘길 뻔했지만 십일 개월 만에 헤어졌다.

'나는 사회적으로 잘 조련된 소시오패스가 아니야. 사회적으로 잘 훈련된 텅 빈 깡통이지. 내 안에는 아무것도 없지.'

나는 남은 맥주를 비우고 손으로 깡통을 찌그러뜨렸다. 그게 내가 나에게 남긴 후기였다. 그리고 나는 그 후기를 누군가 지워주길 바랐다.

휴대폰을 손에 쥔 나는 그녀에게 문자를 보낼까 말까 고민하는 상황에 이르렀다. 이 밤에 이 방에서는 그런 기분이 들었다. 너무 늦은 시간이었지만, 오늘 이 에어비앤비에서의 밤이 아니면 내일은 또 그대로 지나갈 것만 같았다.

그때 삐릭삐릭, 이상한 소리가 들려 내 마음의 센티멘털 유리잔이 와장창 깨졌다. 무슨 소리인가 싶어 서둘러 일어나 현관 쪽으로 가보았다. 누군가 현관문 잠금장치 버튼을 계속해서 눌렀다. 그러더니 쿵쿵, 문을 두드렸다.

'뭐야, 지금!'

나는 황당해서 아무 말도 못했다.

"문 좀 여세요!"

술 취한 듯 핀이 나간 목소리였다.

이건 최악의 후기를 남기는 걸 떠나서 아예 환불을 받아야 할 상황이었다. 누군가 내가 예약한 방을 침범하려 하고 있으니. 나는 재빠르게 에어비앤비에 접속해 호스트에게 메시지를 보냈다.

게스트입니다. 지금 누가 잠금장치 버튼을 막 누르더니 현관문을 쾅쾅 두들기고 난리네요. 내일 아침까지 환불해주시죠?

나는 그 뒤에 아니면 별 하나 남기겠습니다, 라고 적었다가 너무 지질해 보일까봐 삭제했다. 그리고 앞쪽의 문장만 전송했다. 뭐, 어차피 내일 악랄한 후기는 남길 생각이었으니까.

잠시 문을 두들기는 소리가 멈췄다. 다행히 들어오자마자 이 에어비앤비의 비밀번호를 바꿔버린 것이 다행이라면 다행이었다.

잠시 후 문자가 왔다. 이 집의 호스트에게.

빨리 문 좀 열어주셍, 쯤요.

쯤요, 라니. 주셍, 이라니.

나는 호주머니에 손을 찔러 넣고 현관 앞에서 잠시 심호흡을 했다.

"빨리 좀 열어봐요, 쪼옴."

그제야 그 목소리를 알 것 같았다. 얼마 전 빈정대듯 내게 말을 걸던 호스트가 지금은 어린애처럼 징징거렸다. 하긴 이제 막 이십대 초반처럼 보이니 어린애는 어린애였다.

혹시 문자를 제대로 입력하지 못할 만큼 화장실이 급한 건가?

"저기, 진정하시고요. 이유를 알아야죠. 어떻게 함부로 열어 줍니까?"

"게스트님 저 아시잖아요?"

아침에 그런 몰골로 만난 것을 안다고 말해야 하는 건지. 하지만 나는 우선 현관문을 열었다. 그날 아침 내 꼴이 말이 아니라 제대로 따지지도 못했으니, 호스트를 서재에 앉혀두고 이 에어비앤비의 문제점을 조목조목 지적해주는 것도 나쁘지 않으리라 생각했다.

"아니, 비밀번호는 왜 바꾸시는데요?"

녀석은 들어오자마자 대뜸 신경질이었다.

"그걸 바꾸지 말라는 규정이 있나. 오늘은 어차피 내 집인데 말이죠. 그리고 비밀번호 안 바꿨고요. 안에서 잠금쇠만 걸어두 었습니다."

나는 에어비앤비로 들어왔지만 철저히 하룻밤은 내 공간으로 만들고 싶었다.

호스트는 서둘러 서재로 달려가 열린 창문 밖에 고개를 내빼고 골목을 내다보았다.

"와, 씨발 다행이다."

호스트는 잠시 후 빙그르르 몸을 돌리더니 무너지듯 바닥에 주저앉았다. 안색이 창백하기는 했지만 술에 취한 것 같지는 않았다. 그는 벽에 몸을 기댄 채 눈을 감았다. 긴 목에서 목울대가 위아래로 움직였다.

"혹시 물 좀 있어요?"

나는 빤히 그를 쳐다보았다.

물론 맥주도 남았고, 물도 있다. 하지만 내가 게스트고 녀석이 호스트였다. 가끔 냉장고에 생수나 맥주를 채워주는 호스트도 있다던데. 이건 호스트가 순 날강도잖아?

"이건 좀 게스트에 대한 예의가 아니지 않습니까?"

호스트는 자리에서 일어났다. 그리고 냉장고 문을 열고 하나 남은 캔맥주를 꺼냈다.

"죄송해요, 제가 지금 쫓기고 있어서요."

그는 깡통을 손에 든 채 내게 말했다.

"누구한테 쫓기는데요?"

그는 잠깐 바람 빠지는 풍선 같은 소리를 내더니 고개를 내저었다.

"그건 말할 수가 없습니다. 사실 그럴 필요가 없잖아요. 게스트하고 호스트끼리."

나는 아이폰 카메라로 그의 손과 손에 쥔 캔맥주를 찍었다.

"맘만 먹으면 이 집 망하게 할 수 있죠, 호스트님. 호스트가 게스트 맥주를 까서 홀랑 먹는데."

내 말을 듣고 녀석은 긴 팔을 들어 머리를 긁적였다.

"맘대로 해요. 어차피 여기 제 집도 아니에요. 저는 진짜 호스트도 아니고요. 그냥 청소 도우미, 그냥 빈방 청소부 같은 거죠."

역시 아직 머리가 덜 여물었다. 그렇게 말한다고 내가 속아 넘어갈 것도 아니었다.

"이봐요, 그쪽 닉네임이 이 집 에어비앤비 사이트 호스트로 올라와 있다고요."

"뭐, 그럼 바지 호스트 정도로 해둬요. 진짜 사장님은 어쨌든 따로 있어요. 다 사정이 있다고요."

"그래서 그 사장한테 쫓기고 있다 뭐 이런 겁니까?"

나는 손을 흔들어대며 따지듯이 말했다.

"게스트님, 그거 권총 아니잖아요. 무슨 아이폰을 권총처럼 저한테 겨누세요?"

나는 좀 머쓱해지긴 했다.

"그러니까 좀 진정하세요."

나는 손에 쥐고 있던 아이폰을 호주머니에 넣었다.

"저희 사장님이 좀 특별한 분이세요."

"하나도 안 궁금합니다."

물론 좀 궁금했다. 내 악성 후기, 이 이태원 에어비앤비에 대한 악성 후기에 직접 얼굴을 드러내지 않는 리얼 호스트에 대한 정보가 좀 들어가도 괜찮을 테니.

"제가 맥주 마시는 대신 진짜 이 에어비앤비 호스트에 대해 알려드릴게요. 이거 아무에게나 말하는 건 아니거든요."

"왜요?"

"쪽팔려서요."

"여기 진짜 호스트가 쪽팔린 사람입니까?"

"아니요, 우리 사장님은 좋은 분이죠. 지금 여기서 에어비앤비 청소나 하고 있는 제 신세가 좀 쪽팔릴 뿐."

그러면서 그는 태연하게 식탁 의자에 앉아 캔맥주를 땄다. 그러고서 꼴깍꼴깍 단숨에 마셨다.

"죄송해요. 너무 목이 타서요."

나는 그 뻔뻔한 녀석에게 이상하게 화를 낼 수 없었다. 목마른 자를 우물까지 끌고 갈 선한 사람은 아니었지만, 이 어린놈이 맥주를 마시고 싶다는데 그것마저 막을 노랑이는 또 아니었다, 내가.

우리 사이에 잠시 침묵이 흘렀다. 나는 식탁 테이블을 손으로 쓸었다. 일반적인 가정집에서 쓰는 식탁은 아니었다. 오히려 스타벅스 같은 카페에서 본 것 같은 분위기의 탁자였다.

"혹시 사장님이 예전에 카페 하다 망하셨나?"

나는 손으로 스윽 테이블을 쓸었다.

"그거 원래 카페베네에서 쓰던 탁자였어요. 지금은 거의 망한 카페베네."

맞다, 동시에 한국형 문어발식 확장의 최후를 보여주는 브랜드이기도 했다.

"그리고 그거 제가 구해온 거예요. 신당동에서."

"신당동?"

"거기 낡은 중고가구 파는 시장이 있어요. 잘만 고르면 팔십만 원짜리, 팔만 원에 팍 후려친다니까요."

"뭐, 청소만 하는 건 아니네."

"청소가 아니라 이 방 거의 다 제가 꾸몄어요. 가격 싼 중고시장 돌아다니면서. 우리 사장님이 밤일만 오래하셨던 '엉님'이라 낮에 돌아가는 세상이 뭔지 몰라요."

"엉님이 뭡니까?"

"아, 그러니까 사장님은 저한테 형님도 아니고 누님도 아니고 엉님 같은 존재죠. 하지만 언제나 그분 앞에서는 존귀한 누님처럼 대해드리죠."

엉님, 이란 호칭으로 녀석이 부른 인물이 바로 이 집의 진짜 호스트였다. 그녀의 본 직업은 이태원의 트랜스젠더 바에서 오래 일한 중후한 트랜스젠더였다. 그리고 이 집을 드나드는 바지 호스트, 알고 보면 빈방 청소부인 그의 이름은 '운'이었다.

3

'운'이라는 이름이 그의 본명인지 아닌지 알 도리는 없었다.
어쩌면 진짜 이름의 한 글자를 빼고 스스로를 '운'이라 부르거
나, 막무가내로 지어낸 이름인지 몰랐다. 이곳 에어비앤비에서
우리는 이름을 사용하지만 그게 진짜 이름이 아닐 수도 있었
다. 내 이름의 끝 글자는 '훈'이었다. 하지만 나는 에어비앤비에
서 영문이름 'Steve'를 썼다.

나는 긴장한 채, 운의 말을 들었다. 왜냐하면 눈앞에 있는 운
은 더 이상 내가 만만하게 여기던 이십대 초반의 허술한 녀석
이 아니었다. 그건 운이 내게 툭 던지듯 한 말 때문이었다.

"제가 빈방 청소부를 한 건, 우선 빵에서 나온 이후에 딱히
할 일이 없었고요."

"빵? 무슨 빵을 말하는 건지."

"아니, 게스트님 제가 크림빵에서 나왔겠어요? 아님 단팥빵에서 나왔겠어요? 진짜 빵에서 나온 거지."

얼굴이 붉어진 걸로 봐서 운은 술은 잘 못하는 듯했다.

"그럼?"

"출소한 다음에 얻은 일이 이거예요."

문득 이런 생각이 들었다.

내가 과연 이 이태원 에어비앤에 대해 솔직한 후기를 쓸 수 있을까?

지금 눈앞에 전과자가 내 앞에 있는데 말이다. 그리고 또 하나 든 생각은 아까 내 행태를 본 녀석이 거짓말을 하는 걸지도 모른다는 것이었다. 그가 정말 '감빵'에 다녀왔는지 점심에 사장의 심부름으로 파리바게트 '빵집'에 다녀왔는지 증명할 방법은 없었다. 하지만 그가 던진 패만으로도 나는 긴장하고 말았다. 더구나 그가 강력 범죄로 수감생활을 했다면 나는 이 방에서 경동맥이 끊길 위험조차 있었다. 허나, 이제 갓 이십대 초반으로 보이는 녀석 앞에서 서른 넘은 내가 긴장한 모습을 들킬 수야 없었다.

"자, 자, 그 트랜스젠더 엉님이랑은 어떻게 만났어요? 함께 빵에서 만난 사이예요?"

빈방 청소부 운은 피식 웃었다.

"게스트님, 겁먹지 마세요. 저 그렇게까지 나쁜 놈은 아니거든요. 그냥 잡범이에요, 잡범."

그 말을 믿을 수 있나 믿을 수 없지. 더구나 난 파출소에도 가본 적 없는 모범시민의 삶을 살아왔다. 심지어 서울 한복판에서 시위대가 지나가도 혹시나 내가 엮일까봐 가던 길을 돌아가던 사람이었다.

하여간 빈방 청소부 운은 이 년여의 수감생활을 마치고 출소후에 검정고시를 준비하며 아르바이트를 찾는 중이었다. 빈방 청소부가 교도소 안에 있는 동안 그를 기다려준 여자친구의 소원은 운이 평균의 삶을 갖는 것이었다. 그러니까 평균의 학력 같은 것.

"제가 중졸이거든요."

"요즘도 중졸이 있어요? 부모가 가만있나?"

아무 생각 없이 튀어나온 말이었다. 하지만 운은 아까처럼 피식, 웃기만 했다.

"중학교 때 고아가 되어버려서."

"아, 되어버려서."

속으로는 식상한 거짓말이구나, 라고 생각하기는 했다. 하지만 그걸 대놓고 말할 수야 없었다. 혹여나 그게 진실이라면 깊은 상처를 건드리는 일이 될 테니까. 더구나 그는 어쩌면 범죄이력까지 있는 녀석이었다. 이런 놈은 분명 자제력이 부족하고 상대의 말 한마디에 흥분해 욱하는 심정으로 나에게 위해를 가할 수도 있었다. 나는 내 경동맥의 안전을 지키고 싶었다.

"그냥 남들 고등학교 다닐 때 컴퓨터만 가지고 놀았어요. 피시방에서."

나는 순간 이 에어비앤비 안이 피시방은 아니고 방탈출게임 카페 같다는 생각이 들었다. 나는 지금 전과자와 마주하고 있다. 그가 어떤 범죄를 저질렀는지 알 수 없다. 다만 이곳에서 안전하게 벗어나려면 그의 신경을 건드려서는 안 될 일이었다.

하여간에 중졸의 운은 영어와 중국어에 능하지는 않아도 일정 수준은 된다고 자랑했다. 그의 휴대폰으로 날아오는 외국인의 체크인 문의 메시지에 영어로 응답할 정도로는 말이다. 그가 영어와 중국어를 익힌 이유는 그 정도의 어휘력은 필요한 일을 했기 때문이었다. 그는 물론 그 일이 무엇인지 털어놓지 않았다. 다만 힌트는 주었다.

"주로 외국인들하고 메신저로 대화를 많이 했으니까요."

"정상적인 일이었나요?"

운의 입가에 희미하게 비웃음이 감돌았다.

"정상이 뭐고 비정상이 뭔지 그런 거 전 잘 몰라요. 그냥 그때는 그게 제 살길이라고 믿었어요. 남들보다 바닥이 될 게 빤하다면, 남들의 머리 위로 재빠르게 올라가야 하니까."

하지만 출소 후에 운은 갱스터가 되거나 킬러가 되는 대신 평범한 일자리를 찾기 위해 노력했다. 남들처럼.

그러니까 그런 일들. 편의점이나 커피숍의 판매대에 서 있는 아르바이트생. 딱히 착하게 생긴 것도 아니고, 피부에 주근깨가 솔솔 뿌려져 있었지만 허여멀건 작은 얼굴에 큰 키여서 운은 일자리를 쉽게 얻었다. 하지만 운은 오래 버티지 못했다. 범죄 이력이 들통나서가 아니었다. 그는 그 일의 시시함을 참을 수 없었다고 했다.

"아니, 왜 그렇죠? 내 또래 애들이 그 정도 푼돈밖에 못 벌면서 종일 서 있어야 했다고요. 거기다 막 억지로 웃어야 하고."

"그 나이 또래의 평범한 애들은 다 그렇게 살고 있을 텐데……."

심지어 서른 넘은 평범한 나도 그렇게 살고 있었다. 넙죽, 엎드린 자세로 회사를 유지하는 숫자들을 계산하며 살아오고 있었다.

운은 혀를 내밀어 입술을 핥았다.

"그건 진짜 돈맛을 못 봐서 그런 거죠. 게스트님은 큰돈 만져본 적 있어요?"

쌍꺼풀 없이 커다란 운의 눈이 더 반짝반짝 빛났다. 그리고 씩 웃는 바람에 날카로운 송곳니도 드러났다. 큰 눈과 날카로운 송곳니, 그게 내가 마주한 이 낯선 존재의 인상적인 특징이었다.

"저도 큰돈을 보고 삽니다. 그쪽이 똥구멍 헐게 돌아다녀도 벌기 힘든 어마어마한 돈이죠."

나는 뒤이어 우물대듯 말했다.

"근데 내 돈은 아니지. 남의 떡만 실컷 주무르는 거지."

나는 기업의 재무부서에서 일하며 큰돈의 흐름을 매일 보고 있었다. 다만 그 돈에 내 손을 담글 수는 없었다. 거기에 손을 담그는 순간 빈방 청소부처럼 범죄자로 전락하는 거였다.

"그럼, 예전에는 돈맛을 알았다 이거군요? 그 때문에 교도소에 간 거고."

"뭐, 그렇다고 해두죠. 그건 뭐 마음대로 생각하세요."

하여튼 편의점이나 카페 아르바이트에 진절머리가 난 운은 아르바이트 사이트를 검색하다가 눈에 띄는 취업 정보를 발견했다.

"그게 바로 빈방 청소부를 구한다는 글이었죠. 우리 사장님 하고 그렇게 만났어요. 그리고 이전에도 에어비앤비가 뭔지 알고는 있었어요. 예전에 잠깐 혼자 하룻밤 잔 적 있어요. 게스트 님처럼요."

이력서를 보낸 운은 다음날 카페 아르바이트를 농땡이 치고 면접을 보러 이태원에 갔다. 그가 다니는 검정고시 학원 인근에서 지하철을 타면 이십 분 안에 도착할 수 있는 곳이었다. 이태원역에서 나와 한참을 걸어 이슬람사원을 지나 또 걸어 들어

가면 동남아인이나 흑인들, 아랍인이 주로 사는 낡은 주택가가 있었다. 밀레니엄 전에 지은 낡은 벽돌집들이 좁은 골목 곳곳에 얼기설기 얽혀 있는 곳이었다. 그 붉은 주택가 사이에 5층짜리 대리석 마감의 신축 빌라 한 채가 있었다. 그 빌라 4층에 바로 이 에어비앤비의 실질적인 주인이자 운이 엉님이라고 말한 트랜스젠더의 집이 있었다.

"우리 사장님의 첫인상은 뭐랄까. 그 왜 연말에 텔레비전에 새타령 부르는 할머니 있잖아요."

나는 그 오래된 여가수의 이름이 가물가물했다. 김, 김, 하여간 김 씨에 영어 이름이었다. 샐러드였나, 샐러리였나?

"나도 누구인지 대충은 알아요."

"그 할머니보다 이십 년쯤 젊은데, 다이어트에는 실패한 것 같았어요. 특히 한복을 입고 있어서 더 뚱뚱해 보였어요. 알고 보니 트랜스젠더 바에서 부채춤을 추며 민요조의 노래를 립싱크하는 〈어우동동 쇼〉의 달인이래요. 그때 입는 옷이 정말 화려한 한복이래요. 흰색에 핑크나 보랏빛 감돌고. 최근에 연습한 곡은 김연자의 〈아모르 파티〉라고 하더라고요. 민요는 아니지만 한국인의 정서가 잘 녹아들어 있는 노래라고. 젊은 시절 무대에서 단골 레퍼토리가 〈단장의 미아리고개〉이기도 했고."

그러면서 트랜스젠더 사장님은 〈단장의 미아리고개〉의 한

소절인 철사 줄로 두 손 꽁꽁 묶인 채로, 를 즉석에서 불러줬다
고 했다. 운은 순간 기분이 나빴다고 내게 말했다. 눈앞의 사장
님이 트랜스젠더라서가 아니었다. 포승줄에 묶여 있던 본인의
모습이 떠올라서였다.

사실 나는 트랜스젠더의 삶에 대해서는 어느 정도 알았다.
트랜스젠더를 직접 만난 적은 없었다. 다만 내가 즐겨 보는 개
인방송 BJ 중에는 자신이 어떻게 남자에서 여자로 살게 되었는
지 '썰'을 푸는 트랜스젠더들도 있었다. 하지만 그 부분에 대해
서도 나는 굳게 입을 다물었다. 저질스러운 개인방송이나 즐겨
보며 낄낄대는 독신남으로 보이고 싶지 않았다.

"처음에는 좀 무서웠어요. 저는 그런 사람을 처음 본 거라.
거기다 저보다 몸집은 큰데 입술은 핑크색이고 한복저고리
입고 있고 막 이러니까. ……면접이 빨리 끝나기만을 기다렸
죠. 나중에 면접이 끝나고 시간을 보니까, 십 분 지난 것 같은
데…… 뭐지? 한 시간이 훌쩍 간 이 현실은?"

그래서 운은 사장님 밑에서 일하기로 결정했다고 말했다.

"저는 원래 말이 없었어요. 말주변도 없고. 그런데 사장님은
정말 말을 잘해요. 이 사람 배울 점이 있는 사람이다, 싶었어요.
전 그런 사람은 우선 인정하고 들어가요. 나는 원래 배우고 싶
은 게 많으니까. 내게 뭔가를 가르쳐줄 가족이 어렸을 때부터
늘 없었으니까. 엄마는 내가 걸음마를 할 때부터 아팠고, 아빠

는 그런 엄마를 보기 싫어서 내내 밖으로 돌며 술과 담배, 경마만 했죠."

그 말을 하며 운은 씁쓸하게 웃었다.

"우리 사장님이 저한테 말하는 법을 가르쳐준 셈이죠. 그러니까 자기감정을 말하는 거. 그러니까 그 전에 전 제 감정을 말할 때 욕밖에 할 줄 몰랐거든요. 세상을 향해 씨팔, 이라고 말하기는 졸라 쉽거든요. 그런데 그 씨팔이 뭣 때문에 화가 난 씨팔인지, 그걸 골라내서 말하기는 어려웠어요."

트랜스젠더 사장님이 운에게 면접 내내 한 시간 동안 떠들었던 이야기는 사실 면접과는 상관없었다. 업무를 위해 운에 대해서 물어본 건 딱 한마디였다. 청소기 돌릴 줄 알아요? 변기 닦을 줄 알고? 그 말을 듣고 운은 그렇게 대답할 뻔했다고 했다.

"당연하죠, 빵에서 내가 얼마나 변기를 빡빡 닦았는데."

운이 청소는 잘한다고 하자, 사장님은 좋구나야, 라고 콧소리를 높이며 물개박수를 짝짝짝 쳤다.

그다음 사장님은 왜 그녀가 게스트하우스의 주인을 꿈꾸는지 말했다. 물론 그 전에 그녀가 여자가 되기로 결심한 이후의 삶에 대한 장광설이 이어졌다. 남자로 태어난 비극적 현실을 버리기 위해 가출, 춘향이 쇼의 여신, 남친 군입대, 배신, 황진이 쇼의 여신, 동거남, 배신, 다이어트, 요요, 어우동동 쇼의 여신으로 이어지는 줄거리였다. 그 시간이 흐르면서 운의 사장님은 살은 찌고 남자와의 사랑은 믿지 않게 되었다. 그리고 평범한 여자들처럼 겨드랑이와 다리털을 제모했다.

"사장님이 그때 한 말 중에 기억에 남는 게 있었어요. 남자에서 여자가 되는 건 장미넝쿨을 밟고 다니는 것과 같대요. 겉보기엔 화려한데 발바닥에 피나도록 살아야 하는 일이더라고요. 그러면서 자기 나이쯤 되면 자신만의 명언이 있어야 한대요. 저도 그 말 듣고 나의 명언을 준비하고 있죠."

"어떤 명언을 만들었는데요, 운 씨는?"

그는 머리를 긁적였다.

"그건, 뭐, 그냥 만들고 있다니까요. 내 인생의 명언. 아직 한 번도 누구에게 말한 적 없고요."

"만들던 거라도 말해보지 그래요?"

내가 세계문학을 섭렵하는 독서클럽 회원이라고 말하려다 재수없어 보일 것 같아 입을 다물었다.

"아, 그건 쪽팔리고요. 명언은 깔쌈하게 만들어야 명언이죠. 지금은 머릿속에서 그냥 똥파리처럼 명언이 빙빙 돌아요. 윙윙, 대면서. 하여간에 그렇게 해서 에어비앤비 빈방 청소부 일을 시작했어요."

"그런데 왜 그 분은 하필 에어비앤비를 시작한 거죠?"

"뭐, 우리 사장님의 꿈은 엄마래요. 이번 생에 엄마는 글러먹은 거고, 대신 하숙집 아줌마라도 되어보고 싶대요. 세상에 참 별 꿈이 다 있더라니까요. 실은 어차피 노후를 위해 술집을 접고 다른 일을 해보려는 거죠. 우연히 사장님 집에서 들었는데 잘나가는 트랜스젠더는 거의 다 강남에 있는 바에 있고 이태원에는 퇴물만 남았대요. 하여튼 나중에 방콕 가서 에어비앤비를 해보고 싶은 모양인데, 그 전에 시험 삼아 여기서 에어비앤비를 해보려는 거죠."

"뭘 방콕까지 가서 합니까?"

"아, 뭐 성전환 수술하는 엉님들 방콕 가서 많이 하거든요. 수술하고 바로 못 오잖아요. 거기서 요양시켜주고 뭐 그런 거 차리려는 거죠. 그런데 우리 사장님이 에어비앤비는 시작했는데, 관리가 안 되는 거예요. 본인은 밤에 일하니까 낮에 사람 퇴실한 다음에 청소할 시간이 없잖아요. 그러니 저 같은 빈방 청소부를 고용한 거죠."

"그런데 본인이 예약문자까지 다 받잖아요?"

"이게요, 처음에는 안 그랬어요. 그런데 에어비앤비 게스트들이 문자가 밤낮 없이 와요. 새벽까지 춤추고 쇼하고 손님들 접대하느라 우리 사장님이 오후 두 시까지는 자야 하는데, 짜증이 나는 거죠. 계속 문의 문자 날아오고, 방에 대해 이것저것 묻고 따지고. 사실 손님 중에 귀찮게 구는 여행자들도 많아요. 맛집이 어디냐, 이런 건 애교죠. 아예 공항까지 마중 나와달라고 하는 사람도 있어요. 결국 지쳐서 그 일까지 나한테 넘겨준 거죠."

　결국 에어비앤비의 실질적인 관리자는 빈방 청소부 운이었다. 그는 이 에어비앤비와 관련된 모든 일을 도맡았다. 나름 인터넷으로 정보를 검색해가며 이 낡은 집을 새로 꾸민 것도 그가 한 일이었다. 이케아와 신당동 중고가구 시장을 돌아다니며 발품을 팔았지만 운은 그 일이 즐거웠다고 털어놓았다.

　"왜냐면 서재를 꿈꿨거든요."

　"그쪽이?"

　"아니요, 옛날에 우리 엄마가. 서재가 갖고 싶다고 했어요. 그때는 서재가 뭔지도 몰랐어요, 저는. 지금도 엄마가 서재를 왜 갖고 싶어 했는지 잘 모르겠어요. 서재를 꾸며보면 알 것 같았는데, 그렇지도 않더라고요."

　운은 난생처음 서재를 꾸몄다. 물론 문학에 대해 잘 알지 못해서 블로그 등에서 추천도서, 베스트셀러의 제목을 찾아 마땅한 책을 골랐다고 했다.

　"베스트셀러라고 다 좋은 책은 아닌데……."

　나는 그에게 그리 말을 했다. 하지만 사실 그의 서재는 문학이나 독서에 조예가 깊은 사람이 아닐까 싶을 정도로 꽤 괜찮은 구색을 갖추었다. 『그리스인 조르바』, 로맹 가리의 에세이, 레이먼드 카버의 영어판 단편집, 베스트셀러는 아니지만 저자의 진솔한 감상과 담백한 사진이 들어 있는 여행기들. 나조차 이름을 알지 못하는 불어권, 스페인어권 저자들이 쓴 에세이나 시집 들이 꽂혀 있었다.

"저도 그런 것 같더라고요. 제가 책은 안 읽는데 몇 줄 읽으니까 다 하품 나는 좋은 소리들이데요. 세상이 그렇게 평화로우면 저 같은 사람이 있겠어요?"

나는 빈방 청소부의 물음에 아무 대답도 할 수 없었다. 말 한마디 잘못했다가 경동맥이 날아가는 수도 있을 테니.

"그래서 인터넷에서 검색한 책 중에서 제목이 마음에 드는 걸 골랐어요. 베스트셀러, 추천도서 이런 거 검색해서요. 다 읽을 시간은 없었고요. 제목 맘에 드는 것만 리스트를 뽑아가지고 꾸렸죠. 외국 책은 이태원 쪽에 양놈 책들 파는 헌책방이 있어요. 거기 가서 얇고, 냄새 많이 안 나는 책으로만 골라왔죠."

운은 정말 운 좋게 양질의 책을 고른 듯했다. 짐작컨대 그는 그 책들의 몇 페이지도 읽지 않았을 게 틀림없겠지만.

게스트들을 받은 이후에 운은 체크인 일정을 조율하고, 그들의 불만사항을 듣고 메시지로 답변을 해주었다. 게스트는 한국인만 있는 게 아니라 유럽, 미국, 중국 등 다양한 나라에서 들어왔다. 이태원역에서 가깝고, 레스토랑이나 술집과 밀접해 시끄러울 것 같으나, 고요한 쉼터라는 후기가 몇 개 달리면서 외국인들이 제법 찾아왔다. 주말에도 지방에서 이태원 관광을 오는 커플들이 종종 예약했다. 하지만 여전히 평일의 이태원은 파리가 날리는 동네라고 운이 말했다. 그의 말에 따르면 여름 바캉스 시즌 또한 비수기였고 핼러윈 즈음이 이 동네 전체가 들썩들썩하는 호황기라고 했다.

머문 여행자들이 떠나면 운은 본업인 빈방 청소부 일을 했다. 세계 곳곳의 연인들이 남긴 섹스의 체취와 흔적이 묻은 침대시트를 갈았다. 세계의 여행객들이 흘린 과자 부스러기를 빨아들이는 청소기를 돌렸다. 각기 다른 빛깔의 머리카락과 겨드랑이 털과 음모가 뒹구는 욕실을 물청소했다. 샴푸와 린스, 바디워시 등이 떨어지지 않도록 챙기는 것도 그의 몫이었다. 수건도 새것으로 다시 세팅했다. 마지막으로 낡은 수건으로 욕실 바닥의 물기까지 제거했다. 늘 주의를 기울였지만 낡은 집 특유의 냄새 때문에 나처럼 불평을 후기에 남기는 회원들이 꼭 있었다.

빈방 청소만으로 빈방 청소부의 일이 끝나는 게 아니었다. 한 시간 정도 청소를 한 뒤에는 수거한 침대시트와 이불커버를 여행가방에 꾸역꾸역 집어넣었다. 그리고 여행가방을 질질 끌고 큰길로 나와 횡단보도를 건너 이태원 소방서 언덕으로 올라갔다. 게이들의 클럽과 힙합 클럽, 트랜스젠더 클럽 등이 곳곳에 밀집해 있는 언덕이었다. 그 언덕을 올라가 좌측으로 돌면 이슬람사원이 나타났다.

이슬람사원을 지나 한참을 더 깊숙한 곳으로 들어갈 때면 골목은 좁고 어두침침해졌다. 운의 말에 따르면 양쪽에 낡은 벽돌집들이 서 있는 그늘진 골목이라고 했다. 그 안쪽으로 깊숙이 들어가야 이 빈방의 주인이 거주하는 신축빌라가 나타났다. 그 집에서 커다란 세탁기에 빨래를 넣고 세탁한 다음 베란다 빨래건조대에 널어놓은 이후에야 모든 업무가 끝났다.

빨래를 다 널 때쯤 되면 오후 세 시 정도였다. 그쯤 되면 그제야 잠에서 깬 사장님이 퉁퉁 부은 눈으로 침실문을 열고 거실로 나온다고 했다. 가끔은 다른 트랜스젠더 친구들도 함께 나타났다.

"아마, 트랜스젠더의 러버를 제외한 남자 중에 그 엉님들의 쌩얼을 본 남자는 내가 처음일걸요."

믹스커피를 달달하게 타서 마시는 사장님에게 에어비앤비가 돌아가는 상황을 보고하면 그의 일은 끝났다.

"그리고 다음 체크인 전에는 미리 들러 시트하고 이불커버 다림질을 하죠. 은근 바빠요. 거기에다 검정고시 학원에도 다니고 있으니 스케줄이 빡빡하죠."

보나마나 최저임금 이하일 텐데 그 작자가 빈방 청소부를 너무 부려먹는 것도 같았다.

"혹시 무슨 비전이 있어서 이 일 하는 거예요? 아니면, 좀 좋은 일자리는 아닌 것 같은데. 내가 사회를 아는데 이건 완전 등쳐먹기예요. 자기 할 일 안 하고 밑에 사람한테 떠넘기고."

그는 고개를 끄덕였는데 표정이 뭔가 미묘했다. 내 말에 동조하는 얼굴은 아니었다.

운은 얼마 남지 않은 맥주캔을 흔들어 보였다.

"뭐, 그렇긴 한데 우리 사장님은 젓가락으로 만 원짜리 지폐 집어서 던져주는 팁은 알아도 최저임금이 뭔지는 모른다고요. 돈에 인색한 노랑이도 아니고. 그냥 제가 달라는 대로, 돈은 다 줘요. 게다가 지금은 나 아니면 이 에어비앤비가 굴러가지 않을 테니 월급 올려달라고 해도 올려줄걸요? 헤헤, 지금은 제가 우리 사장님을 등쳐먹는 셈이죠."

나는 운을 물끄러미 바라보았다. 그의 범죄 이력이 어떤 종류인지 대략 짐작이 갔다. 칼로 배를 찌르는 건 아니고, 잔머리로 등을 치는 범죄.

"물론 이런 자잘한 사기는 과거 제가 저지른 일에 비하면 아무것도 아니라서요."

그렇게 말하더니 빈방 청소부는 자리에서 일어났다.

그러더니 그는 서재 쪽으로 옮겨 가 대뜸 드러누웠다.

"미안한데 하룻밤만 신세질게요. 버스 끊겨서 택시비도 아깝고 무엇보다…… 너무 졸려요."

나는 거절의 말을 하려고 자리에서 일어났다. 이건 예의가 아니었다. 더구나 오늘밤 이 집의 주인은 빈방 청소부가 아니라 게스트인 바로 나니까. 하지만 나는 허락했다.

"대충 알아서 자요."

겁을 먹어서가 아니었다. 길게 하품하며 손등으로 눈을 비비는 녀석을 보니 그가 범죄자가 아니라 그냥 아홉 살짜리 어린애같이 보였다.

"그런데 오늘은 왜 늦은 밤에 이 주위에서 어슬렁댄 겁니까?"

"그건 다음에 기회가 되면……."

운은 졸려서 반쯤 감긴 눈으로 나를 바라보았다.

"저도 하나 물어볼게요. 그런데 왜 평일에 혼자 이 집에 들어오셨어요? 평일에는 이태원 클럽에서 여자 꼬시기 힘들어요. 목요일은 되어야, 좀 사람 있을걸요. 금토는 미어터지고."

"야근이 많아 피곤해서 들어왔습니다. 됐습니까? 한 시간이라도 더 편하게 자고 싶어서."

나는 지금 다니는 회사에서 얼마나 자주 얼마나 오랫동안 야근을 하는지 알려주었다.

"와, 무슨 회사가 그렇게 밤새 일을 시켜요. 엄청 빡세네."

"그냥 평범한 회사죠. 대한민국의 평범한 회사는 다 밤늦게까지 일을 시킵니다. 평범하지 않은 회사는 밤늦게까지 일을 시키고 수당도 제대로 안 주는 회사고."

그 말을 듣고 빈방 청소부 운은 피식 웃었다. 그러더니 벌렁 드러누웠다가 다시 일어났다.

"아, 혹시나 해서 말인데요. 전 사람 목숨 가지고 장난치는 양아치 짓은 안 해요. 그러니까 저 그렇게 나쁜 놈으로 보시면 안 된다고요. 그럼, 좀 억울해요. 중학교 때 누구도 때린 적 없어요. 왕따, 라서 얻어맞긴 했지만. 제 키가 중학교 졸업하고 다 큰 거예요. 중학교 때까지는 완전 좆밥 사이즈. 게다가 은근 겁도 많아요. 팔은 긴데 주먹은 작아서 펀치도 약하고. 빵에 들어갈 때도 진짜 무서웠어요. 내가 담만 컸으면 세계에서 제일가는 사기꾼이 됐을걸요. 배운 건 없어도 머리는 좋으니까. 하여튼 그런 저를 무서운 놈이라고 생각해도 이해는 가요. 화는 나지만. 세상이 다 원래 한번 찍히면 찍히는 대로 계속 가는 거니까. 불안하면 방문 잠그세요. 저는 신경쓰지 말고. 그런 거 하나도 안 불쾌하니까."

"좋습니다. 어차피 무슨 일 있으면……."

대놓고 최악의 후기를 만방에 널리 퍼뜨릴 작정이었다.

"감사합니다……."

"대신 다음에 또 야근하면 싼 가격에 예약하는 걸로 하죠."

"좋아요, 평일 오만 원인데, 삼만 원으로 깎아드릴게요. 대신 주말은 안 돼요. 그날은 깎을 수가 없어요. 대목 장사라."

내가 침실문을 열고 방으로 들어가려는데 거의 잠으로 기어들어가는 듯한 빈방 청소부의 목소리가 들려왔다.

"아, 그리고 감사한 건 나이도 많으신데…… 존댓말 써주시고, 저한테."

'그건 네가 전과자라 무서워서 그런 거야. 내가 반말하면 욱해서, 뭔 짓 할까봐.'

나는 속으로 그렇게만 생각하고 침실문을 닫았다. 잠시 망설이던 나는 문고리를 잡은 손으로 딸깍, 문을 잠갔다. 하지만 그소리가 바깥에 들리지 않게 조심스럽게 엄지손가락을 움직였다. 나는 침대에 누우면서도 긴장해야겠다고 생각했지만, 까무룩 잠이 들어버렸다.

4

다음날 아침 일곱 시쯤 스마트폰 알람 소리에 눈을 떴을 때 빈방 청소부는 사라지고 없었다. 대신 식탁 위에 메모 한 장이 남아 있었다.

'게스트님, 에어비앤비 정책이 정해져 있어요. 가격을 개인에게 특별히 낮춰줄 수는 없고요. 대신 필요한 날짜 미리 말씀하시면 그날은 막아놓겠습니다. 그냥 입실하셔서 주무시고 퇴실하실 때 식탁에 삼만 원만 두고 가세요.'

좁은 욕실에서 재빠르게 샤워를 하고 나는 그곳을 빠져나왔다. 좁은 계단에서는 여전히 옥탑방 레트리버의 오줌 냄새가 났다. 계단을 내려오는데 2층 문이 빼꼼 열리더니 등이 굽고 눈에 아무 표정이 없는 노인이 물끄러미 나를 바라보았다. 생의 껍질만 남은 듯한 그 노인이 이 건물의 실질적인 주인이었다.

쪽문을 열고 밖으로 나왔지만 게스트하우스가 몰려 있는 이 언덕은 새벽처럼 고요했다. 게스트하우스 출입구 앞 작은 의자에 앉아 담배를 피우는 검은 피부의 외국인들 서넛만 눈에 띄었다. 아마도 필리핀이나 태국 같은 동남아 국가에서 장기로 여행 온 여행자들 같았다.

언덕을 내려와 번화가로 들어섰을 때도 마찬가지였다. 나는 골목 구석구석에 쌓여 있는 쓰레기더미 앞에 잠시 멈추었다. 문득 이태원은 밤에만 반짝이는 서울의 반딧불 같은 곳이라는 생각이 들었다. 저쪽에서부터 늘어진 티셔츠를 입은 깡마른 백인 중년 사내가 다가와 내 옆을 스쳐 지나갔다. 배낭을 짊어진 그가 지나갈 때 훅, 하고 여행자의 악취 같은 것이 풍겨왔다.

그날도 평소와 다름없이 나는 사무실 업무에 집중했다. 하지만 드문드문 딴생각이 들었다. 배낭을 메고 어딘가로 여행을 떠나고 싶다는 생각은 아니었다. 그냥 내가 앉아 있는 사무실의 풍경을 다시금 보게 되었다.

흰 와이셔츠를 입은 인간 군상들을 보고 있자니 무슨 흰쥐 떼들 같았다. 사실이 그랬다. 도시는 사방이 뚫려 있는 것 같지만 정작 우리 화이트칼라의 활동반경은 도시의 빌딩, 교통수단,

그리고 집이 전부였다. 맨정신에 이 세 가지 구역 외에 다른 곳을 벗어나기란 그리 쉽지 않았다.

내가 일하는 회사의 재무부서는 유리상자 중에서도 가장 정교한 유리상자였다. 나와 직장동료들은 복잡하고 섬세한 회로도 같은 미로 속에서 움직이는 흰쥐였다. 우리는 이 회사 안에서 돌아가는 돈의 흐름에 대해 정교하게 꿰뚫고 있어야만 했다.

가끔 재무부서에 대해 잘 알지 못하는 이들은 내가 세계 경제의 흐름에 대해 통달한 듯 오해하는 경우가 종종 있었다. 이제는 카카오톡 속 사진으로만 존재하는 고등학교 동창들이 뜬금없이 연락을 해올 때면 나의 능력치를 오해하는 헛소리가 작열했다. 대선 이후 코스피의 방향이라거나, 비트코인 같은 가상화폐의 비전에 대한 질문들이었다. 나는 그들의 문자를 읽고 그냥 씹어버렸다. 재무부서 직원들이 아는 건 기껏해야 이 회사를 움직이는 자본의 흐름이 전부라고 말할 필요조차 못 느껴서다.

더구나 회사 내 자본의 흐름을 안들 그 안에 손을 담그고 뒷구멍으로 빼돌리지도 못하는 인재들이 이 재무부서의 직원들이었다. 기껏해야 우리는 컴퓨터 화면 속 숫자에서 풍기는 돈냄새나 실컷 맡다가 할당된 월급이나 받는 신세에 불과했다.

어쨌든 상황이 이렇다 보니 나를 비롯한 직장인들은 스트레스를 풀 무언가가 필요했다. 흰쥐를 가둬놓은 유리상자에는 때론 보상으로 치즈조각이 주어지기 마련이었다.

하지만 우리 흰 와이셔츠를 즐겨 입는 화이트칼라가 스트레스를 푸는 법은 각각 달랐다. 미혼의 여직원들은 조금씩 틈을 내 인터넷쇼핑을 즐겼다. 결혼한 젊은 여직원들은 아이들 사진을 보며 행복해했다. 그보다 더 결혼한 지 오래된 여직원들은 군무를 추는 남자 아이돌에 열광하는 경우도 있었다. 남자 직원들의 경우는 스트레스와 술과 여자에 취해 눈 밑은 시커멓고 간이 배 밖으로 나온 것 같은 체형으로 돌아다니는 상사들이 여럿이었다.

이런저런 일탈을 할 여유도 능력도 뻔뻔함도 없는 소심한 남자들은 담배만 피웠다. 그들에게 담배는 폐와 기관지를 담보로 내놓고 벌이는 작은 위안이었다. 문제는 내가 워낙에 까다로운 면이 있어서 담배 냄새를 극도로 혐오한다는 데 있었다. 담배가 주는 위안감은 적었고 내 셔츠에서 재떨이 냄새가 풍기는 건 참을 수가 없었다. 그 덕에 나는 인간미는 없어도 담배냄새는 안 난다는 평가를 연인에게 들은 적이 있을 정도였다.

같은 부서의 상사나 직장동료들은 내가 무슨 재미에 사는지 도통 모르겠다고 했다. 술, 담배도 안 하고 결혼도 안 한 총각이 딱히 유흥에 관심도 없는 것 같고. 그때 사수가 내 어깨를 툭 치면서 말하곤 했다.

"저 자식, 무슨 독서클럽인가 나가잖아. 책 읽으면서 고상하게 여자나 꼬시겠다 이거지, 뭐. 지난번에 보니 제인 오스틴의 '야만과 편견'인가 뭐 그런 소설 읽던데? 아흐, 취향 안 맞아."

물론 나는 책을 좋아한다. 최소한 책 속의 언어들은 내 주변의 다른 동료들의 천박한 언사에 비하면 상당히 고급스럽고 정제되어 있다.

허나 그들에게 고백하지 않은 나만의 즐거움은 따로 있었다. 나는 한 번도 그 즐거움을 다른 식상동료들이나 가족, 심지어 과거의 연인들에게도 말한 적이 없었다. 그건 독서의 언어와 정반대의 위치에 놓인 언어를 읽는 기쁨이었다.

그 기쁨은 바로 타인의 '뻘짓'을 보고 즐기는 쾌감이었다. 나는 내 흰 와이셔츠에 커피 한 방울이 튀어도 종일 신경쓰는 사람이었다. 다른 사람에게 눈곱만큼도 신경 안 쓰는 사람일 것 같지만 실은 수많은 시선을 일일이 느껴가며 사는 피곤한 존재가 나였다.

그런 나에게 타인의 무개념 뻘짓은 그 자체로 유쾌하고 흥미로웠다. 이 한반도에 내가 사는 착실한 세상 외에 저런 무개념의 세상이 있구나. 내가 단단한 한 알의 콩알 같은 인생을 산다면 그들은 푹 퍼진 순두부처럼 살아갔다. 그리고 그런 그들이 모여 있는 곳이 바로 인터넷 BJ들이 모여 있는 개인방송이었다. 수많은 헛소리와 뻘짓과 괴이쩍은 경험담들이 그곳에서 보글보글 수다의 냄새를 풍겼다.

겉보기에는 그럴듯해도 현실감각 없는 경제담론이나 정치담론부터 내가 음식을 먹는 건지 음식이 나를 먹는 건지 모르는 먹방은 기본이었다. 조폭이나, 포주, 화류계의 삶처럼 한때 밑바닥을 전전했던 이들이 욕설과 함께 토해내는 시시껄렁한 인생담에 어느새 나는 빠져들었다. 분뇨처럼 콸콸콸 쏟아지는 막돼먹은 언어가 주는 쾌감이 있었다.

처음에는 유튜브 채널에서 마이클 샌델의 '정의'에 관한 강연을 듣다 지루해져 우연찮게 올라온 개인방송을 보았다. 청취자가 시키는 대로 온갖 기행을 다하는 남자 BJ의 방송이었다. 그는 미친 듯이 소주병을 땄고 얼굴이 새빨갛다 못해 폭발하기 전에 결국 뒤로 나동그라졌다. 그러자 그의 여자친구로 여겨지는 인물이 나타나 그를 화면 밖으로 끌고 갔다.

이 어이없는 방송을 보고 나는 미간이 찌푸려지는데도 실실 웃음이 나왔다. 그곳에서 정의를 찾을 수는 없었다. 그저 에고의 소파에 앉아 이드의 세계를 스크린으로 감상하는 기분이었다. 처음에는 시간낭비라고 생각했지만 그 후로는 시간이 날 때마다 인터넷을 헤매며 개인방송을 찾는 나를 보았다. 내가 회사 안에 콕 박혀 어떻게 회사의 돈을 꾸릴지 고민하는 사이 그들은 셀카봉을 들고 거리를 걸으며 떠들어대는 것만으로 수익을 올렸다. 혹은 욕설에서 시작해 욕설로 끝나는 개인방송을 이어갔다. 속으로 그들을 욕하고 비웃으면서도 어느 순간 나는 몇몇 방송을 향해 별풍선을 날리고 있었다. 그들은 새로운 시대의 삐에로나 다름없었다.

그런데 어느 날 빈방 청소부가 내 앞에 나타났다. 나는 그에게 별풍선을 날리지 않고도 맥주 한 캔만으로 이 에어비앤비의 진짜 호스트와 빈방 청소부의 만남에 대한 이야기를 들었다. 눈앞에서 펼쳐지는 '썰방'인 셈이었다.

그날 일산의 집으로 돌아온 나는 현관문을 열자마자 직진해서 쓰러지듯 내 방에 누웠다. 그랬다가 겨우 몸을 일으켜 억지로 욕실까지 가서 세수를 하고 발을 씻었다. 욕실에서 나오며 물잔을 들고 주방에서 나오는 반팔 러닝셔츠와 추리닝 차림의 아버지와 마주쳤다. 추리닝의 밴딩 부위를 밀어내는 듯한 노인의 복부비만 뱃살이 참 보기에 흉했다. 나는 목례를 하고 아버지는 헛기침을 하고 우리는 각자의 방으로 들어갔다. 다행인 것은 아버지가 나를 보고도 잔소리를 하지 않았다는 점이었다.

딸깍, 문을 열고 방으로 들어가다 그런 낌새가 느껴졌다. 아버지는 몇 달 전보다 어깨가 축 늘어지고 몸피가 작아진 듯 보였다. 며칠 만에 얼굴을 마주했으니 당연하다 싶었다.

나는 방으로 들어가 침대에 누워서 눈을 감았다. 확실히 에어비앤비의 침대보다 매트리스는 탄력 있고 침구는 포근했다. 어쩌면 지금 이 집에서 가장 정감 가는 것은 가족이 아닌 내 방의 침구일지도 모른다는 생각이 들었다. 하지만 이상하게 그 안락한 감촉이 별반 만족스럽지 않았다.

나는 스마트폰으로 에어비앤비에 접속했다. 에어비앤비 측에서 어젯밤 묵은 숙소에 대한 후기를 남기라고 몇 번이나 문자메시지가 날아왔다. 집에 들어올 때까지 후기에 대해 까맣게 잊고 있었다. 어제만 해도 그렇게 악성 후기를 남기겠다고 기고만장했건만.

한밤중에 호스트가 쳐들어와서 기겁했습니다, 라고 쓸까 하다 말았다. 알고 보니 호스트가 트랜스젠더에 청소부가 전과자, 운운하며 그 집의 망조에 일조하고 싶지도 않았다. 우습긴 한데, 나는 은근히 그 집에 정이 들었던 것이다. 무언가 억울했다. 어쩌면 어젯밤 그곳에서 생각보다 편안하게 잠이 들어서인지도 몰랐다. 어쩌면 새벽 네 시, 피곤의 국물에 푹 절어 불어터진 어묵 같은 정신 상태였으니 기절하듯 잠에 빠져드는 것도 당연한 일이었다. 그렇다고, 어묵처럼 푹 잤다고 쓸 수도 없었다.

나는 그냥 한마디만 적었다.

혼자 머물러도 외롭지 않은 집. 개 오줌 냄새에 적응한다면.

별은 하나를 줄까 두 개를 줄까 하다, 세 개 주었다. 다섯 개를 주기에는 자존심이 상했고, 사실 그럴 만한 숙소는 절대 아니었다.

그러고서 나는 침대에 엎드려 탈북 청년이 진행하는 개인방송을 보았다.

그는 남한에 있는 엄마, 아빠를 만나기 위해 열한 살의 나이에 브로커를 따라 삶과 죽음의 경계를 가로지른 청년이었다. 처음에는 한 차례 탈북했다 중국 공안에 붙들려 다시 북한으로 끌려가 수용소에서 죽음 직전에 이르렀다. 그 후에도 그는 남한에 있는 엄마, 아빠의 부름에 다시 브로커를 따라 국경을 넘었다. 중국의 국경을 넘은 뒤에는 몽골 사람을 만날 때까지 먹지도, 마시지도 않고 계속해서 사막을 내달렸다. 이유는 오직하나, 남한에 있는 엄마와 아빠를 만나기 위해서였다. 결국 죽을 고생 끝에 부모를 만난 탈북 소년은 왜 자기를 버리고 남한으로 도망갔느냐며 실컷 엄마에게 욕을 퍼부었다. 그러고서 엉엉 울었다고 고백했다. 어린 나이였는데 가족과 만난 재회의 기쁨보다 알 수 없는 서러움이 치밀었다고 했다.

그랬겠다, 싶었다. 하지만 가족과 만난 기쁨도 알 수 없이 밀려드는 서러움도 나와 관계없는 세계의 일이었다. 이해는 갔지만 그 아픔의 순간이 특별한 진동으로 내게 다가오지는 않았다. 다만 탈북 청년이 위기에 처하는 순간의 상황 묘사에 서스펜스만을 느꼈을 뿐.

그런데 희미하게 그런 생각이 들었다. 만약 빈방 청소부가 탈북자 출신이고 내 앞에서 그런 고백들을 했다면 나는 담담할까, 아니면 미묘하게나마 서러움의 감정을 피부에 닿게 느낄까?

똑똑, 노크 소리가 들렸다. 나는 스마트폰 속 젊은 탈북자의 세상과 어젯밤 내가 잠시 머물렀던 주인 없는 집의 세상에서 다시 지금의 현실로 돌아왔다.

"들어오세요."

어머니가 조심스레 문을 열고 들어와 조심스레 내 침대에 섰다.

"아버지가 이상하구나."

"뭐가요?"

"공항에서 돈가방을 찾아야 한다지 뭐니?"

"돈가방이요?"

이건 또 무슨 일인가 싶었다.

5

어머니는 아버지가 치매라고 생각했다. 나도 마찬가지였다. 황당했다. 멀리 외국에서 아버지를 찾아온 돈가방이라니. 여동 생만 태평했다. 그녀는 차차 지켜보자고 했다. 아직 병원에 데 려갈 정도는 아니라는 것이었다.

그날 밤 나는 거실에 앉아 아버지와 독대했다. 아버지는 멀 리 유럽에서 금발의 중년여인이 돈가방을 보내왔다고 했다. 그 녀가 아버지에게 돈가방을 맡긴 건 한국에서 시작할 패션사업 을 위해서였다. 손기술 좋은 인력이 풍부한 한국에 명품 손수 건 공장을 세우려는 데 아버지와 동업을 할 생각이라고 했다. 다만 위험한 비자금이어서 송금하는 대신 아버지에게 달러가 든 돈가방을 보냈다는 것이었다. 그 돈가방이 관세 때문에 공항 세관에 억류되어 있으니 아버지가 빨리 가서 오백만 원을 주고 찾아야 한다고 했다.

"아니, 아버지가 그 여자를 어떻게 알아요?"

"옛날 인연이야. 회사 다닐 때 알던 여자다. 내가 외국 출장도 많이 나가고 그랬잖아. 파리 출장지에서 만난 거래처 직원이다."

"그 여자가 아버지를 왜 기억하는데요?"

"내가 너무 친절한 사람이어서 기억에 남았다는구나."

그건 정말 말도 안 되는 일이었다. 퉁명스러움과 냉소야말로 친가에서 내리 이어져오는 유전자이건만.

"그런데 내 퇴직금 통장이 네 엄마한테 있잖아. 거기서 겨우 오백 정도 빼내겠다는데 그걸 난리를 치고 그러고 있다. 내가 내 돈도 함부로 쓸 수가 없으니, 화가 안 나고 배겨! 평생 가장으로 살아온 대가가 겨우 이거냐고!"

나는 아버지에게 그 여자와 통화한 내역을 보여달라고 했다. 아버지는 왜 자신을 믿지 못하느냐며 버럭 화만 냈다. 나는 어떻게 아버지를 병원에 모시고 갈지 막막했다. 절대로 본인이 치매 초기라고 인정 못할 게 틀림없을 사람이었다. 그날 밤의 독대는 결국 아무 소득 없이 끝났다.

그날 밤 나는 아버지가 처음으로 안쓰럽게 여겨졌다. 침대에 누워서 아버지와의 추억들을 떠올려보기도 했다. 아쉽게도 마땅한 추억이 없었다. 그러다 몇 년 전 온 가족이 노래방에 갔던 기억이 났다. 추석 연휴 마지막날이었는데 그해에 나와 여동생이 동시에 취업을 해서 어머니는 꽤 기분이 좋았던 모양이었다. 사실 노래방은 별 재미는 없었다. 서먹서먹했던 가족들이 노래 한 번 한다고 가까워질 리가 없었다. 상대방이 노래를 할 때 나머지 사람은 노래방 책자만 휙휙 넘겼다. 그때 아버지가 설운도의 〈나침반〉이라는 노래를 불렀다. 가수 뺨치는 수준은 아니지만 아버지는 꽤 구성지게 노래를 뽑을 줄 알았다. 나는 아버지가 노래를 잘하는 편이라는 걸 그날 깨달았다.

그런 아버지에게 칭찬 한마디 어색해서 못했다. 그 생각이 들자 더더욱 씁쓸해졌다. 회사라는 나침반이 사라져버린 삶에 들어선 옛날 남자가 어떠할지 어렴풋이 짐작은 갔다. 아마 나침반 없는 세상에서 아버지는 스스로 나침반을 만들려고 망상의 세계로 들어갔는지 모르겠다.

물론 나는 아버지 같은 노년을 보내지 않을 자신이 있었다. 우리는 인생이란 어차피 제대로 된 나침반이 없는 삶이라는 걸 익히 아는 세대니까 말이다. 교육정책이 나침반처럼 왔다 갔다 했던 '이해찬 세대'라서 고교 시절 나침반 없는 세상을 다들 배웠으니까.

다음날 회사에서 고민하고 있는데, 아버지가 뜬금없이 메시지를 보내왔다. 몇 년 만에 아버지가 아들에게 보낸 문자메시지였다. 첨부파일로 사진 두 장이 첨부되어 있었다. 한 장은 007가방이었고, 나머지 한 장은 그 007가방에 가득 담긴 달러 뭉치였다.

한국에 들어오기 전에 내가 받은 사진이다. 시간이 없으니 네가 나한테 오백만 먼저 보내라.

카카오톡 메시지가 아니라 일반 문자메시지라서 다행이라면 다행이었다. 읽고 씹어도 티가 나지 않으니 말이다. 하지만 마음은 편치 않았다. 그 때문인지 회사에서 평소에 하지 않던 실수를 했다. 재무결과표에 기입할 숫자를 잘못 적었던 것이다. 당연히 재무부서는 한바탕 뒤집어졌고 나는 얼차려만 안 받았을 뿐 온갖 욕설을 상사에게 다 들었다. 퇴근할 때는 귀가 다 얼얼하고 달팽이관에 살얼음이 낄 지경이었다.

사무실 밖으로 나오는데 어머니에게서 전화가 걸려왔다. 인천공항인데 곧 교우들과 태국으로 여행을 떠난다고 하셨다.

"어제는 그런 말씀 없으셨잖아요?"

"뭐, 그런 말을 일일이 해. 하여튼 나 돌아올 때까지 아버지 병원 예약이나 잡아놓아. 할 수 있지, 우리 아들?"

다들 나한테 왜 그러는 건지 이해할 수 없었다. 차라리 이케아 가구를 종일 조립하는 고통이 더 나을 것 같았다. 나는 위로받기보다 숨고 싶었다. 그리고 곰곰이 아버지 문제를 어떻게 풀어나가야 할지 혼자 고민해볼 생각이었다. 나는 에어비앤비에 접속해 이태원 그 집을 살펴보았다. 오늘도 역시 비어 있었다.

예약하겠습니다.

잠시 후 답장이 왔다.

예약되었습니다.

하지만 이태원 에어비앤비 안으로 들어갔을 때 그 집은 빈방이 아니었다. 스냅 백을 눌러쓴 운이 태연하게 식탁 의자에 앉아 있었다.

"뭡니까?"

운은 기지개를 켰다.

"가끔 사람 없을 때는 여기 들어와 있어요. 어차피 빈집이잖아요. 이렇게 빨리 오실 줄 몰랐어요. 그리고 점심때부터 내내 형사하고 같이 있었거든요."

나는 빤히 운을 바라보았다.

"그냥 같이 밥 먹었어요. 그 아저씨가 나를 좀 감시하거든요."

"그분이 그쪽 뒤를 쫓아다니는 분입니까?"

"아니요, 그냥 그 아저씨는 나한테 미안한 게 있으니까 따라다니는 거죠. 그리고 재수 좋게 오늘처럼 내 덕에 범인도 검거하고."

나는 내 코가 석 자라 더 이상 운에게 뭘 물어볼 생각도 없었다.

그런데 이상하게 운이 반가웠다. 사실 나는 이 방에서 벽을 보고 소리를 지르고 싶었다. 마음의 짐을 조금이나마 덜고 싶었다. 하지만 함께 근무하는 재무부서 직원들에게 그 일을 털어놓을 생각은 없었다. 카톡 친구목록의 고교 동창과 대학 동창에게도 말할 수 없었다. 그때쯤이면 다들 안다. 단순히 학연과 인맥만으로 엮인 관계에서 타인의 고통을 진심으로 들어주는 사람은 없다. 상대가 내가 필요로 하는 스펙을 지닌 상대가 아니라면.

아주 잠깐 헤어진 여자친구에게 전화를 걸어볼까 하는 생각도 들었다. 그러나 아버지의 치매 때문에 생각이 나서 전화를 걸었다고 털어놓으면 그녀와는 영영 헤어질 수밖에.

하지만 빈방 청소부는 나를 모른다. 그러니 그냥 내 이야기를 듣고 흘려버릴 터였다. 그래도 상관없었다. 말은 하면 속은 후련해질 테니까.

"사실 나한테도 좀 일이 있었는데……."

"게스트님, 뭐 사건 같은 거 겪으셨어요?"

"사건이라기보다……."

나는 잠시 고민했다. 어떤 단어를 먼저 말해야 할지, 치매와 돈가방 중에.

"그러니까 말도 안 되지만 돈가방이 문제죠."

빈방 청소부가 돈가방에 한 대 얻어맞은 표정으로 나를 빤히 보았다.

"저기요, 뭘 그렇게 빤히 봐요. 왜 돈가방이라니까 혹해요?"

나는 멋쩍게 피식 웃으며 되물었다.

"거기, 달러 담겨 있죠?"

나는 그 말에 고개를 끄덕였다.

"금발의 미녀래요? 아님, 잘나가는 여성 사업가래요?"

"사업가요."

"와, 진짜 게스트님하고 나 사이에 뭔가가 있나보네. 오늘 나하고 형사 아저씨가 잡은 놈이 그 금발의 미녀 사업가…… 미녀 사업가 부하예요. 돈가방 빌미로 뜯어내는."

"사기꾼이군요!"

운이 스냅 백 챙을 뒤로 돌려 쓰고는 고개를 내저었다.

"게스트님, 되게 똑똑한 분인 줄 알았는데 은근 허당이시네요. 어떻게 그런 사기에 걸려드냐. 대부분 쉰 훌쩍 넘은 늙은이나 걸리는데. 페북으로 잘나가는 백인 남자다, 외로운 백인여자다, 이러면서 말을 거니까 영어 좀 한다 하는 노인들이 그냥 껌뻑 죽어요."

나는 그제야 정신을 차렸다.

"잠깐만요, 우선 짚고 넘어갑시다. 그거 내 이야기 아니고 우리 아버지 이야기예요."

빈방 청소부가 피식피식 웃었다.

"괜찮아요, 그게 뭐 외로운 사람은 젊은 사람들도 종종 속아 넘어간대요. 형사 아저씨가 그러는데 미국에서도 작년에 휩쓸고 간 사건이래요."

그는 그러더니 두 손으로 테이블을 내리쳤다.

"맞다, 돈 보냈어요? 그럼 빼박 못 돌려받는데 오늘 잡은 녀석하고 전화통화 하셨을 수도 있겠다. 죄송한데요, 그 돈 못 찾아요. 아마 벌써 나이지리아로 넘어갔을 거예요. 걔네들 다 알고 보면 나이지리아 애들이거든요."

그러면서 빈방 청소부는 형사에게 들은 이 사건의 진상에 대해 털어놓았다. 미국과 유럽 대륙을 휩쓸고 어느새 대한민국까지 밀고 들어온 국제적 사기 범죄에 대해.

6

흔히 '로맨스스캠'이라 부르는 이 사기사건은 주로 페이스북을 통해 벌어지는 범죄였다. 범죄자들은 누구나 마음 한구석에 가지고 있는 인간의 외로움을 해킹해 접근했다.

어느 날 페이스북으로 누군가 친구 신청을 보내온다. 사진의 주인공은 잘생긴 중년의 미남, 아름다운 백인 여성이다. 그들의 직업은 대개 사업가 아니면 군인이었다. 혹은 아주 오래전에 당신과 잠깐 스쳐간 인연이라고 스스로를 소개한다. 당신은 기억하지 못하지만 그는 당신을 기억하고 있다. 로맨스소설의 주인공 같은 인물인 셈이었다. 돈 많고 잘생기거나, 아름답지만 친구가 없어 외롭다.

보통 페친 신청만 해놓고 게시글에 좋아요 눌러주기를 기다리는 페친과 달리 로맨스소설 속 주인공 같은 페친들은 적극적이기까지 했다. 그들은 매일 안부인사 쪽지를 상대에게 보냈다. 어린아이에게 말하듯 문법이 어렵지 않은 친절한 영어 문장이었다. 그러면서 은연중에 본인들의 외로움을 상대에게 어필했다.

그들은 외로운 사람들이었다. 세계적인 부호였지만 이 세상 어디에도 마음을 털어놓을 대상은 없었다. 사막의 나라에서 근무 중인 백인 여군은 노을 지는 사막 사진을 함께 보내며 멜랑콜리한 마음을 은근히 내비쳤다. 홀로 사는 백만장자는 최고급 와인과 빈 와인잔 하나를 찍은 사진을 올려 함께할 누군가를 찾고 있다는 메시지를 은연중에 남겼다. 그 외로운 메시지에 화답하는 사람들 역시 당연히 외로운 이들이었다. 가족이 없거나, 혹은 있어도 관계가 단절된 중장년이 대부분이었다. 외로운 이들은 그렇게 서로의 마음을 알아갔다.

서로가 가까워질 때쯤 상대방은 조심스럽게 한 가지 제안을 한다. 그에게 돈가방을 맡기고 싶다는 제안이었다. 돈가방을 맡기는 이유는 각각 달랐다. 전쟁터의 군인은 전리품으로 얻은 돈가방을 본국으로 가져갈 수 없어 제3세계로 빼돌리기 위해 페친의 도움을 원했다. 누군가는 상대방의 나라에서 사업을 하려는데 그 사업자금으로 돈가방을 보낸다고 메시지를 보냈다. 계좌로 이체하기에는 비밀스러운 비자금이라서 선명하게 드러내기 불편하다는 핑계를 댔다. 아니면 간단히 환율 핑계를 댈 때도 있었다. 하여간에 그들은 달러가 담긴 007가방 사진을 상대방에게 전송했다. 마지막에는 반드시 페친과 직접 만나기를 바란다는 메시지도 남겼다. 가상세계 속의 절친이 현실 속의 사람으로 나타나는 마지막 단계였다. 어떤 경우는 억만금을 버는 동업을 약속했다. 하지만 대부분은 페친과 만나 행복한 미래를 꿈꾸는 로맨틱한 결말을 제안했다.

우리 이제 사랑할까요?

"완전 로맨스소설이네요."

내 말에 빈방 청소부가 고개를 끄덕였다.

"게스트님은 소설 속 주인공이 아니잖아요. 그런데 그 소설 속 주인공에 홀딱 반하신 거죠."

"다시 말하지만 내가 아니라 아버지가 속은 겁니다."

나는 빈방 청소부가 나를 오해하는 것이 기분 나빴다. 하지만 그의 말을 끊을 수는 없었다. 왜냐하면 그 범죄에 얽힌 사람이 한집에 살고 있는 가족이니까.

"그래서 상대가 그 제안을 수락하면 어떻게 되는 겁니까? 돈가방을 진짜 보내나요?"

새끼손가락 들고 콧구멍을 후비던 빈방 청소부가 한심하다는 듯이 고개를 내저었다.

"게스트님, 돈가방을 왜 보내요. 이미 사랑에 눈먼 사람한테 돈가방 사진만 보여주면 모든 일이 다 오케이인데."

이 게임은 진실게임이 아니었다. 진실과 가상을 뒤섞어 사랑이란 감정의 동전을 가지고 헷갈리게 만드는 야바위놀음에 가까웠다.

상대방이 페친의 제안을 수락하면 곧바로 일은 진척되었다. 공항으로 돈가방이 들어오고 그다음에 곧바로 페친의 심부름을 맡은 심부름꾼이 전화를 건다. 물론 그들은 돈가방이 세관에 걸렸다며 세금을 내기 위한 일정 금액의 돈을 이체해줄 것을 바란다. 그렇지 않으면 돈가방을 찾을 수 없다는 협박까지 은연중에 할 정도였다.

그쯤 되면 사랑에 빠진 주인공은 심부름꾼에게 돈을 이체하기에 이른다. 세관에 걸린 돈가방은 그들의 로맨스를 방해하는 마지막 걸림돌이었다. 이것만 넘어서면 로맨스소설의 결말은 사랑의 완성이다. 하지만 비극적이게도 로맨스소설이 아닌 로맨스스캠의 결말은 속은 자의 허물어진 통장잔고였다.

"저도 잘 이해는 안 가더라고요. 그렇게 사람들이 쉽게 속는다는 게."

빈방 청소부는 손톱으로 볼을 긁었다. 점점이 뿌려진 라면스프 같은 주근깨가 테이블로 툭툭 떨어질 것 같았지만 당연히 그런 일은 일어나지 않았다.

'아직 사랑에 대해 모르는 녀석이군.'

나는 로맨스소설의 분석자답게 피해자의 마음을 알 수 있었다. 사랑에 마음을 빼앗긴 자는 한순간에 절단난다. 그는 이성적인 나와 감정적인 나, 두 가지 인격으로 분리되는 것이다. 그리고 이성적인 부분만 점점 시들어간다.

그런 생각이 들자 나는 조금 당황스러웠다. 어쩌면 아버지는 로맨스스캠의 대상과 사랑에 빠졌는지도 몰랐다. 아버지가 말했던 우아한 프랑스 백인 여성 사업가는 아버지의 새로운 나침반이었을 것 같았다. 로맨스와 돈에 대한 욕망이 하나로 엮이면 언제나 그렇듯 전혀 다른 장르로 돌변했다. 그러니까, 막장 드라마.

"그 속은 사람 중에 한국 사람들도 있다, 이거군요."

"한둘이 아니라 형사 아저씨 말로는 백 명이 훌쩍 넘는대요. 범인 검거 전에 계좌추적을 하면서 심부름꾼에게 돈을 보낸 사람들이 그 정도래요. 그중에는 그 가짜 페친 때문에 빚까지 낸 바보들도 있대요. 아직도 철석같이 페이스북 친구가 진짜 살아 있는 사람이라고 믿기도 하고. 아, 나는 이해할 수가 없네. 어떻게 보이지 않는 사람하고 사랑에 빠지죠? 만질 수도 없고, 키스도 못하잖아요."

나 역시 그 점에 있어서는 아버지가 한심스러웠다. 하지만 보이지 않는 사람과 사랑에 빠질 수는 있다. 수많은 로맨스소설들의 그래프는 그 사실을 증명했다. 소설 속 남자주인공과 여자주인공은 어느 순간에 이르면 상대방을 더 긍정적이고 아름다운 존재로 상상하기에 이른다. 진짜 그 사람이 아니라, 본인이 상상한 사람에 가까워진 상대를 사랑하는 것이었다. 그러니 뭐 그게 페이스북의 가짜 인물이라도 이해 못할 바는 아니었다.

로맨스스캠의 사기꾼 페친들은 당연히 금발의 미녀도 조지클루니를 닮은 중후한 매력의 부호 사업가도 아니었다. 그들은 아프리카 나이지리아의 사기꾼들에 불과했다.

그 사기꾼들은 신분증 없이 외국인이 쉽게 통장을 만들 수 있는 인도네시아로 들어와 로맨스스캠 조작단을 만들었다. 그들은 먼저 유혹을 위한 가상인물의 페이스북 페이지를 만들었다. 모든 남녀가 꿈꾸는 로맨스소설의 주인공 같은 인물들로. 미남 미녀의 인스타그램 사진을 긁어모으고, 그 사진에 사연을 붙여 만들어진 가상의 페친들이었다.

멋진 주인공이 만들어지면 사기꾼들은 페이스북을 돌아다니며 수많은 사람들을 찾은 뒤 그들의 먹잇감으로 괜찮은 이들을 물색했다. 페이스북의 게시글에 사용자의 심리상태와 재정상태, 혹은 연애에 대한 갈증까지 모두 드러나 있었다. 그들에게 페친 신청으로 낚싯바늘을 던져 외로운 물고기를 낚았다. 동시에 메신저를 통해 각 나라에 퍼져 있는 나이지리아인들을 심부름꾼으로 미리 채용해두었다. 가상의 로맨스에 속은 이들을 독촉해 돈을 끌어내는 족속들이었다. 그들은 미국에서, 프랑스에서, 영국에서, 그리고 한국에서 로맨스스캠에 속은 이들에게 전화를 걸어 돈을 요구했다.

"형사 아저씨가 이번에 잡은 녀석도 바로 그런 심부름꾼이었죠. 저도 몰랐는데 한국에 나이지리아인이 엄청 많대요. 대부분 한국에 들어와 난민신청을 했다 받아들여지지 않으면 그대로 불법체류자로 남는 놈들이죠."

관광지 이태원은 그런 나이지리아인들이 많이 숨어 사는 곳이기도 했다. 이태원에는 원래 가나 출신 흑인들이 많았다. 하지만 나이지리아인의 유입 후 몇 번의 파벌 싸움 끝에 현재는 나이지리아인들이 주도권을 잡은 상황이라고 운은 말했다.

몇몇 로맨스스캠 피해자들이 신고를 하면서 형사는 심부름꾼 역할을 하는 흑인들을 쫓아다녔다. 형사는 계좌를 추적해서 그들이 은행에서 돈을 찾는 CCTV 영상을 구할 수 있었다. 그 영상에서 사진을 캡처해 몇 날 며칠을 이태원 시내를 돌아다녔다. 하지만 흑인 밀집 구역을 돌아다녀도 얼굴을 분간할 수가 없었다. 그 흑인이 다 그 흑인처럼 여겨져서였다. 더구나 은행 CCTV 사진 역시 밤에 찍힌 사진이라 이목구비가 너무 흐릿했다.

"때마침 오늘 형사와 만날 기회가 있었어요. 그 형사 아저씨, 이따금씩 저한테 연락을 해요. 내가 또 수상한 짓을 하지나 않을까 걱정하는 거죠. 한번 남의 떡을 훔쳐 먹어본 녀석은 쉽게 다른 것도 훔쳐 먹는다는 게 그 꼰대의 지론이에요. 뭐, 그걸 막

아주는 울타리가 가족인데, 전 울타리가 없잖아요. 그래서 대신 그 역할을 해주겠다나 어쨌다나. 뭐, 그럴 필요까지는 없는데 그러더라고요. 나한테 좀 미안한 게 있으니까 그러는 걸 수도 있고, 아니면 쫄쫄 따라다니며 감시하는 걸 수도 있고. 그래 봤자, 그 형사 하나도 안 무서워요. 그러니까 내가 피할 이유도 없죠."

운과 형사는 바로 내가 운을 만나기 몇 시간 전에 이태원에서 만났다. 이런저런 대화를 나누다 형사는 운에게 수사 중인 사건에 대해 털어놓았다. 로맨스스캠과 이태원에 숨은 용의자의 말을 들은 것도 그때였다. 그 말을 들은 운은 형사가 수색하는 동네가 에어비앤비 사장님이 사는 동네 인근이라는 걸 눈치챘다. 사실 운도 빈방 청소를 끝내고 여행가방을 들고 언덕을 올라 사장님의 집으로 가는 길에 흑인들과 자주 마주치기도 했다.

"제가 사장님을 형사 아저씨에게 소개시켜줬어요. 우리 사장님이 그 동네에 터를 잡은 지 이십 년이 넘어서 동네 사정을 꽤 잘 아니까."

형사는 사장님에게 스마트폰에 저장해놓은 용의자의 CCTV 사진을 보여주었다.

형사가 분간할 수 없는 흑인의 얼굴을 그녀는 단번에 알아보았다. 사흘 전 골목 초입에 위치한 편의점 앞 의자에 앉아 혼자 레드불을 벌컥벌컥 마시는 걸 본 적이 있다고 했다. 형사는 편의점 앞 CCTV를 확보했다. 은행 CCTV보다 선명하게 용의자인 나이지리아인의 얼굴이 찍혀 있었다.

"해가 지기 전에 부동산에 가서 용의자의 주거지를 확인했어요. 사장님도 클럽에 출근할 시간이었지만 나와 형사 아저씨를 따라 함께 부동산에 갔죠. 사장님 말로는 사랑을 가지고 장난치는 것들은 한국 새끼나 외국 새끼나 똑같은 양아치라 세계적으로다가 용서할 수 없다고 했어요. 내 생각에는 사장님이 형사 아저씨한테 좀 반한 것 같았지만요. 원래 우리 사장님이 앞뒤로 몸 빵빵한 호빵 같은 푸근한 남자를 좋아해서…… 그리고 저녁까지 기다리고 있다가 결국 집으로 돌아오는 녀석을 긴급 체포하더라고요."

그는 인도네시아에 있는 나이지리아 출신 로맨스스캠 사기꾼들의 연락을 받으며 한국인에게 전화 연락을 취했다. 돈가방 왔어요, 세관에 묶였어요, 그러니까 저한테 돈 보내요. 이 세 가지 메시지를 끊임없이 반복하며 상대를 설득했다. 한국에서 불법 체류 외국인 노동자로 오랜 시간을 보낸 그는 한국어에 능통한 놈이었다고 운이 말했다.

"나쁜 놈들이네요."

"나쁜 새끼들이죠."

하지만 운은 팔짱을 낀 채 잠시 우울한 얼굴을 했다.

"그런데 게스트님, 저 그 자식 얼굴 봤어요. 형사 아저씨한테도 말 안 할 건데, 이상하게 게스트님한테는 하고 싶네. 어차피 우린 뭐 다시 볼 사이는 아니니까. 사장님하고 같이 계속 그 주위를 맴돌다가 그 흑인 놈이 수갑 차고 있는 거 봤어요. 완전 겁먹은 얼굴인데, 기분이 점점 이상해지더라고요. 그 겁먹은 흑인의 기분이 어떨지 내가 너무 잘 알아서."

"아, 그쪽은 뭐 이미 죗값을 치렀잖아요."

"아니, 그렇죠. 그런데 그런 거 아니고요. 뭐라고 하지 나나 그 녀석이나 비슷한 입장 같았어요."

"이봐요, 그쪽은 대한민국 국민이고 녀석은 범죄자에 불법 체류자고."

그 순간 운의 얼굴이 조금 슬퍼 보이는 것도 같고, 얼굴에 살얼음이 살짝 덮이는 것도 같았다.

"뭐, 그렇죠. 나 대한민국 국민 맞아요. 하지만 전 잘 알아요. 이미 빨간 줄 찍찍 간 인생이라 아는 건 아니고요. 엄마, 아빠다 세상 떠났을 때 이미 알았어요. 아니, 그 전부터 알았는지도 몰라요. 세상이 나한테 계속 불리할 거라는 걸. 그걸 아는 순간 그런 생각을 해요. 살기 위해서는 지금 내가 얼마나 불리한 놈인지 숨겨야 해요. 드러내봤자 당당할 게 없으니까 다른 사람들을 속여야죠. 그게 내가 살아갈 수 있는 가장 쉬운 방법이니까."

나는 빈방 청소부의 말에 반박하지 못했다. 사실 지금도 나는 녀석을 온전히 믿지 못하고 있었다.

다만 한밤중에 이 집에 쳐들어왔던 때의 표정만은 거짓이 아니었다. 그는 진심 누구에게 쫓기고 있는 사람처럼 겁에 질려 있었다.

희한하게 운은 내가 휴대폰이나 노트북으로 보던 개인방송 BJ들과 달랐다. 똑같이 그들은 나를 보고 말했다. 하지만 카메라가 아니라 진짜 내 얼굴을 보고 하는 사람의 이야기는 달랐다. 나는 난생처음 타인의 인생에 위로의 후기를 남겨주고 싶은 마음이 들었다.

그런데 어떻게?

힘내, 파이팅!(똥 묻은 휴지 같다) 어떻게 말해야 할지 모르겠네요(빨리 이 자리를 뜨고 싶은 사람의 변명 같다). 더 좋은 날이 있을 거예요(전형적인 빈말). 역경을 잘 이겨왔군요(차라리 이런 느낌의 이모티콘을 보내는 게 훨씬 효과적일 듯).

아무리 독서모임에서 문학과 사회과학 서적을 읽었어도 이럴 때 적당한 위로의 말이 떠오르지 않았다.

고작 내가 한 말은 이러했다.

"좀 이상하네. 술 한 잔 안 했는데 이런 말 저런 말 다 하게 되고."

운은 고개를 끄덕였다.

"뭐, 이 집의 힘이겠죠."

"아니, 이 집에 힘이랄 게 있나?"

"주인 없는 곳이잖아요. 내가 주인도 아니고, 게스트님이 진짜 주인도 아니고. 그러니까 괜히 폼 잡거나 유세부릴 필요도 없고."

나는 이 집을 휘 둘러보았다. 별것 아니지만 잠시 머물러서 책을 읽다가, 라디오를 듣다가, 음악을 듣다가, 편안하게 잠들 수 있는 집. 섹스가 있어도 좋지만 홀로 있다고 해도 그 고독이 감미로운 집.

나는 피식 웃음이 나올 뻔했다. 이 허름한 집에 정말 위로의 기운이 스며들어 있는 듯해서. 하지만 곰곰 생각해보니 그런 생각 자체가 말이 안 됐다.

"아니, 잘 생각해봐요. 우리가 그 생각을 못했어. 이 집의 진짜 주인은 미국에 본사가 있는 에어비앤비야. 에이비앤비를 기획한 새끼 진짜 천재적 새끼네. 세계의 자그마한 빈방을 다 뚫어서 사업자금으로 쓰고 있으니."

내 말을 듣고 운이 고개를 끄덕였다.

"맞아요, 하지만 가난한 나라의 천재들은 그렇게 못 살죠."

운은 낮은 목소리로 덧붙였다.

"아까, 이 방에서 그 사기꾼들의 고국 나이지리아가 어떤 나라인지 찾아봤어요."

"네이버로?"

운은 픽 웃었다.

"아니, Whats app. 채팅으로. 나이지리아 놈하고."

"특이한 취미가 있으시네. 세계인들과의 채팅이라."

"취미는 아니고 일이었어요. 그거 때문에 콩밥 먹었죠. 세상을 너무 많이 알면 세상이 콩밥을 먹이더라고요. 그래도 저 나이지리아 애들하고는 처음이었어요. 중국 애들하고는 채팅 많이 했는데."

"나이지리아 애들이 뭐랍니까?"

"뭐, 가난한 아프리카는 아닌데 가난한 사람은 많고, 법은 있는데 법이 없대요."

"진짜 법이 없는 게 아니라 힘 있고 돈 있는 사람들을 위한 법만 존재한다는 뜻일걸요."

나는 혹시나 중졸의 운이 알아듣지 못할까 덧붙였다.

"게스트님도 참, 아무렴 제가 그 정도도 모르겠어요? 하여간에 지구는 둥근데, 세상은 안 그렇잖아요. 잘난 나라의 똑똑한 천재들은 훌륭한 직업을 가질 수 있어요. 하지만 법이 없는 나라의 가난하고 똑똑한 애들은 범죄에 빠지기 쉽죠. 그래요, 뉴욕의 IT천재는 에어비앤비를 만든다고요. 하지만 나이지리아의 IT천재는 로맨스스캠 범죄자가 될 수밖에 없어요. 그게 세상이죠."

그러면서 운은 거만하게 턱을 들었다.

"그렇게 세상에 대해 잘 알면서 왜 여기서 청소 알바나 하고 있어요?"

"이건 뭐 정신수양이죠. ……그리고 주인 없는 방에 있으면 오히려 전 좀 안전하게 느껴져요. 아무도 나를 찾지 못할 것 같아서. 그 새끼가 날 찾지 못할 것 같으니까."

운은 나를 빤히 바라보았다.

나도 그의 눈을 바라보았다. 그의 눈은 실핏줄 하나 없이 맑았다. 너무 맑아서 오히려 아무것도 담고 있지 않은 눈이었다. 그 느낌이 무엇인가와 비슷하다고 느꼈는데 그것이 무엇인지는 쉽게 떠오르지 않았다.

"저기 있는 책 중에 뭐가 제일 재밌어요?"

운이 뜬금없이 내게 물었다.

"직접 읽어보시죠."

"아, 그럴 여유가 없어요. 우리 엄마는 책을 좋아했다는데, 나는 책에는 별로 관심 없어요."

"책이란 게 콕 집어서 뭐가 최고다, 별로다, 말할 수가 없어요."

운은 곰곰이 생각하다 내게 다시 물었다.

"그럼, 여자친구 분이 좋아하는 책이 여기 있어요?"

나는 고개를 끄덕였다. 그녀가 그날 밤 마저 읽겠다고 했던 『그리스인 조르바』는 아니었다. 그녀는 레이먼드 카버의 소설 속 문장을 좋아했다. 카버 자체는 무언가 지질이 같지만 소설의 문장만은 정말 마음에 든다고 했다. 사랑스러운 문장이 아니라 무언가 불쾌한데 사랑스러운 느낌이 드는 문장이야, 그녀는 그렇게 말했다. 그 말을 할 때 나는 이 집 서재 의자에 앉아 있었고, 그녀는 창턱에 몸을 기대고 서 있었다. 그때는 미처 알지 못했는데 지금은 그 순간의 기억이 너무나 감미롭게 다가왔다.

나는 그녀만큼 레이먼드 카버를 좋아하지는 않았다. 아니, 오히려 별로 이해하고 싶지 않은 소설가 중 하나였다. 그의 소설에서는 내가 좋아하는 로맨스의 구도가 만들어지지 않았다. 그 소설 속의 사람들은 로맨스를 위해 움직이는 것이 아니라 우걱우걱 푸석한 빵을 씹듯 사랑하며 살아가는 것 같았다. 나는 굳이 그런 현실을 반복해서 읽고 싶지 않았다.

"그렇구나, 그 사람은 어떤 작가예요?"

그래도 처음 문학을 접하려는 사람에게 약간 지질이, 같은 인상의 소설가죠, 라고 대답하기는 좀 그랬다. 무언가 문학적으로 의미 있는 문장으로 소개하고 싶은 욕심이 들었다.

"사랑에 대해 어떻게 말해야 할지 모르는 남자들에 대해 쓰는 소설가죠."

운은 미간을 찌푸렸다.

"별로 재미는 없겠네. 그런 사람한테 뭘 배우겠어요."

"아니, 그쪽은 사랑에 대해 말하기가 쉬워요? 어떻게 말했는데요."

"그냥 피시방에서 만났고요. 내가 게임 잘하니까. 걔가 반한 것 같고, 사실 나도 걔한테 반해서, 우리 같이 게임할래? 이렇게 된 거죠."

그때였다.

빈방 청소부 운의 휴대폰에 알림음이 들려왔다. 새로운 예약이 들어왔다는 알림음이었다.

"어, 이 분 또 들어오셨네요?"

이번 주말. 예약자는 바로 내가 알고 있는 그녀, 희수였다. 서재 창가에 서서 창밖을 바라보고, 새벽에 나를 떠났던 희수가 다시 이 집을 예약했다. 예약자는 그녀 포함 두 명이었다. 그 한 명이 누구인지는 나도 빈방 청소부도 알 수 없었다. 오직 이 집의 게스트인 그녀만이 알 수 있을 따름이었다. 나는 갑자기 이 집에서 하룻밤 쉬고 싶은 생각이 싹 사라졌다.

7

나는 빈방 청소부의 에어비앤비에 머무는 대신 집으로 돌아
갔다. 집으로 향하는 지하철에서 아버지에게 어떻게 말을 해야
할지 고민에 고민을 거듭했다. 문을 열고 들어섰을 때 거실에
는 아무도 없었다. 아버지와 여동생은 각자 자신의 방 안에 있
을 터였다. 어머니는 오후에 말한 대로 지금쯤 태국행 비행기
를 타고 인도차이나 반도로 가고 있을 테고.

나는 편한 옷으로 갈아입으려다 넥타이에 셔츠 차림 그대로
아버지의 방을 노크했다. 잠시 후, 문 밖으로 아버지가 나왔다.

"아버지, 그거 아직도 믿어요?"

"뭘?"

"돈가방이요."

아버지의 얼굴이 어두워졌다.

"너도 사진 봤잖아?"

"그게, 사진 속 돈가방인 거지, 진짜 손에 쥘 수 있는 돈은 아니잖아요."

아버지는 금방이라도 문을 닫고 들어갈 기세였다. 슬프게도 아버지는 아직 돈가방에 들어가 있었다.

다만 나를 회피하는 행동에서 숨겨진 감정이 읽혔다. 지금 이 장년의 사내는 두려워하고 있었다. 그 돈가방이 진짜가 아닌 허상일까봐. 아니, 금발의 아름다운 백인 중년 여인과 나눈 달콤한 대화가 다 거짓으로 드러날까봐.

"잠깐만요, 대화 좀 해요."

나는 아버지를 밀다시피 해 방 안으로 들어갔다. 하지만 방으로 들어서자마자 나도 모르게 흡, 숨을 참았다. 훅 끼쳐오는 늙은 남자의 냄새가 독했다. 아버지가 그 방에 홀로 머문 지도 십여 년째였다. 누릿하게 변한 흰색 벽지와 장식 없는 침대 한 개, 옷장 하나, 그리고 책상이 전부였다. 방의 실용성을 위한 것을 제외하고 아름다움을 위한 것은 하나도 없는 공간이었다. 아니, 아버지를 위한 장식이 딱 하나 있었다. 책상 위에 자리를 차지하고 있는 낡고 두툼한 불어사전과 영어사전이 그것이었다.

그 방 침대에 몸피가 줄어 왜소해지기 시작한 늙은 사내가 맥없이 걸터앉아 있었다. 그는 페이스북에 가입해 현실세계의 가족들 몰래 은밀한 로맨스를 키워오고 있었다. 낡고 냄새나는 허름한 방이 아니라 노년의 로맨스그레이가 은은하게 불타오르는 가상의 행복지대에서.

"아버지, 사실은 제가 들은 말이 있거든요."

나는 아버지 옆에 앉고 싶지 않았다. 대신 낡은 컴퓨터가 놓인 책상에 몸을 기댔다.

"너 나한테 돈 이체할 생각 없지?"

"그건, 그렇죠."

"야, 그럼 나가."

계좌 이체는 못해도 그 계좌 이체를 못하는 이유에 대해 이제는 말할 수 있었다.

"잠깐, 아버지. 제 말 들으면 생각이 확 바뀌실 거예요. 아니, 눈이 확 뜨이실 거예요."

아버지는 세수하듯이 두 손을 모아 얼굴을 쓸었다. 그리고 내게 한마디 했다.

"개새끼."

나는 화가 나지는 않았다. 하지만 불편한 것만은 사실이었다. 아버지는 계속해서 세수하듯 얼굴을 쓸었는데 얼굴에서 뚝 뚝 슬픔의 살비듬이 떨어질 것만 같았다. 내가 위로하고 싶은 모습은 아니었다. 오히려 나도 모르게 발뒤꿈치를 살짝 들어

뒤로 물러났다. 미안하게도, 나는 그의 세계에 속하고 싶은 마음이 눈곱만큼도 없었다. 아니, 사실 미안하지도 않았다.

다만 나이지리아의 사기단이 불러온 이 불편함을 빨리 해소하고만 싶었다. 하지만 입이 쉽게 떨어지지 않았다. 나는 아버지를 사랑하지 않았지만 존경심은 갖고 있었다. 그가 아니었으면 일산의 이 아파트에 정착하지 못했다. 우리 네 가족이 하나의 덩어리로 여기까지 올 수도 없었다. 그건 나도 잘 알았다. 그 덩어리가 너무 단단히 엉겨붙어 어디서부터 무엇을 제거하고 보완해야 더 나은 삶을 살 수 있을지 알 수 없는 것, 그것이 우리 가족의 초상이었다.

"혹시 그 자식이 사기꾼이냐?"

아버지가 먼저 씹어뱉듯 그리 말했다.

"알고 계세요?"

"너도 뒤로 뭔가 알아봤구나. 안나가 그 사기꾼 놈한테 속은 게 틀림없다. 돈가방을 인계받은 놈이 아예 나한테 넘겨줄 생각이 없는 거야. 안나한테 그 말을 어떻게 전해야 할지 모르겠다. 한국에서 새로 사업을 시작할 생각에 꿈에 부풀어 있었는데."

나는 조심스레 고개를 끄덕였다.

"네, 언론사에 있는 친구에게 들었어요. 외국인 심부름 대행하는 놈들이 양쪽에서 커미션까지 받아서 잠적한대요. 그 때문에 국제적 문제가 크답니다."

빈방 청소부의 말에 따르면 심부름꾼은 수많은 한국의 로맨스스캠 피해자에게 전화를 돌렸다고 했다. 나이지리아에서 한국으로 난민 신청이 받아들여지지 않자 십 년 가까이 불법체류자로 산 사내였다. 그는 한국의 농장이나 공장을 거쳤고 한국어 욕설, 한국어로 능치기, 한국어로 협박하는 법까지 배웠을 것이다. 그는 태연하게 전화를 받은 로맨스스캠 피해자에게 신분을 속였다. 때로는 미국의 대사관 직원이었고, 가끔은 사막에서 전투 중인 군인의 전우였다. 국제 물류를 도맡아 처리해주는 해운회사 간부로 속일 때도 있었다. 인종 역시 백인, 아랍인, 히스패닉까지 자유자재로 넘나들었다. 단 나이지리아에서 한국으로 도망쳐 온 불법체류자라는 사실을 밝힌 적은 한 번도 없겠지만.

"아무래도 내가 직접 안나가 사는 퐁텐블로에 가서 돈가방을 받아야 했어. 그랬으면 모든 문제가 깔끔하게 해결됐을 텐데. 일이 엉망이 됐다."

아버지의 안나 역시 퐁텐블로에 존재하는 여인이 아니었다.

아니, 프랑스 어딘가에서는 그녀와 똑같은 외모의 여인이 일상의 사진을 담은 인스타그램이나 페이스북을 하고 있을지도 몰랐다. 하지만 그녀는 자신의 일상을 찍은 사진들이 나이지리아 사기꾼에 의해 안나라는 이름으로 부활했을 거라는 건 꿈에도 모를 터였다. 그리고 그녀가 대한민국 일산에 거주하는 냉소적인 퇴직자 장년의 마음에 사랑의 모닥불을 지폈으리라는 건 더더욱. 나는 아버지에게 안나의 실체가 나이지리아인 사기꾼이라는 말은 하지 않았다. 대신 이렇게 말했다.

"아버지, 안나 얼굴은 기억하세요?"

"아니, 그녀가 나를 기억한다고 했다."

"혹시…… 벌써 계좌 이체하신 건 아니죠?"

아버지는 묵묵히 입을 다물다 한숨을 내쉬었다.

"백만 원, 딱 처음에 백만 원만 보냈다."

"어쩔 수 없죠. 그 돈은 제가 아버지 계좌로 이체해드릴게요. 대신 저하고 약속해요."

"약속?"

"당분간 페이스북 접으세요. 괜히 이번 사건으로 아버지까지 안나 씨한테 오해를 살 수도 있어요. 세상이 그렇게 호락호락하지 않아요."

아버지는 아무 대답도 않았다. 하지만 나는 이미 대답을 들은 것 같은 기분이 들었다.

나는 이 사건을 어머니에게 말해야 할지 고민하다 우선 여동생에게 털어놓기로 결심했다. 나는 조심스럽게 여동생 설희의 방을 두드렸다. 하지만 대답이 없어 결국 힘을 주어 쾅쾅, 두드렸다.

"야, 좀 들어간다고. 문 좀 열어."

그제야 설희가 고개를 내밀고 나를 보았다. 하나로 질끈 동여맨 머리에 안경을 쓰고 나를 바라보는 그녀의 표정은 단호했다. 나는 할 말이 있다고 말하고 방으로 들어갔다.

설희의 방에서는 그녀가 즐겨 사용하는 케빈 클라인 향수 냄새가 났다. 거기에 감자칩 냄새가 희미하게 섞여 있었다. 보아하니 혼자서 맥주를 마시며 과자를 먹고 있던 모양이었다. 작은 노트북 화면에서 오렌지색 죄수복을 입은 여성이 불안한 표정으로 감옥의 복도를 걷고 있었다.

설희는 노트북을 탁 닫았다.

"잠깐, 소개팅 부탁 이런 거 아니지. 난 내 친구들을 벼랑으로 밀고 싶지 않아."

그녀는 컴퓨터 책상 앞 의자에 앉으며 말했다.

"어떻게 알았어?"

여동생은 감자칩 하나를 입에 집어넣었다.

"소개팅 부탁? 아님, 네가 애인하고 헤어진 거?"

"둘 다…… 뒤에 거."

"당연한 거 아니야. 평소의 냉랭한 표정이 사라지고 아예 죽상으로 다니는데. 표정이 거의 없는 사람이 그 정도면 말 다 한 거지."

"그건 월초라 야근이 너무 많아서 그런 거라고."

"내가 알기로는 예전에도 야근은 많았고, 그때는 그런 표정은 아니었어."

여동생은 손에 묻은 감자칩 가루를 슬쩍 수면바지에 닦았다.

"아니, 하고 싶은 말은 그게 아니라고."

나는 잠시 주저하다 조심스레 말문을 열었다.

"아버지 돈가방의 비밀을 알아냈어."

설희의 표정이 불쾌하게 변했다.

"그걸 또 곧이곧대로 다 말했어?"

여동생의 표정에서 모든 것이 읽혔다. 그녀는 아버지가 당한 로맨스스캠의 실체를 이미 다 알고 있었다.

"어떻게 알았어?"

설희가 골치가 아픈 듯 한숨을 내쉬었다.

"작년에 미국에서 한바탕 휩쓸고 간 사건이야. 우리 회사에 발령받은 여자 상사 중에도 넘어간 사람이 있었어. 회계 쪽 업무 보는 분인데, 성을 가지고 있는 백만장자 독일 귀족이란 말에 넘어갔어. 그녀가 자진해서 한국이란 낯선 나라로 온 것도 미국에서의 생활을 완전히 청산하기 위해서였어. 견디기 힘들었대."

"뭐, 사기당했으니 창피하고 억울하고 그랬겠지."

여동생은 고개를 내저었다.

"그게 아니고, 무슨 방법인지는 모르겠는데 그 사기꾼들이 귀신같이 상대의 로맨틱포인트를 파고들어. 그 여자 상사는 늑대 같은 건장한 체격의 아리안 미남이 강철 같은 독일어로 속삭이는 말을 들으며 사랑하고픈 로망이 있었나봐. 그 로망이 사기꾼을 통해 실현된 거야. 사기꾼이 만든 페이스북에는 정말 멋진 금발에 탄탄한 몸의 독일인 중년 남성이 있었대. 반려견 도베르만이랑 함께 울창한 숲속을 산책하는 사진, 웃통 벗고 널찍한 직각 어깨 드러내고 조깅하는 사진. 당연히 그녀는 페이스북만 보고 실체 없는 사람과 사랑에 빠졌어. 그러니 그게 전부 가짜라는 걸 견딜 수가 없었지."

설희는 맥주 한 모금을 마셨다.

"난 그래서 아빠에게 그냥 말을 안 하는 게 좋을 것 같다고 생각했어. 어차피 아빠가 현금 뽑아 쓰는 통장에는 잔고도 거의 없잖아. 그러니 큰돈 뜯길 일도 없고. 결국 그 사기꾼은 지쳐서 포기할 테고. 아빠는 자연스레 페이스북 끊을 거고. 엄마는 이 유치하고 황당한 사건의 실체에 대해 모를 거고. 우리 가족은 나 하나만 아는 비밀을 모르고서 그냥 흘러갈 거고. 그렇게 가족들을 속이고서 고고고, 하는 것도 나쁘지는 않겠다 싶었어. 솔직한 말 한마디에도 쉽게 무너지는 게 가족이니까."

설희는 마치 이웃집 사정에 대해 말을 하듯 무심했다.

"나도 바보는 아니라고. 안나가 가짜라는 말은 아버지한테 안 했어."

여동생이 나를 무시하는 것 같아 그리 말했다.

"안나? 그 가짜 프랑스 창녀가 안나야? 그건 참 신선한 정보다. 진짜 창녀는 아니고 몸도 마음도 영혼도 없이 2MB 데이터 정도로만 존재하는 사이버 창녀겠지만."

그러면서 설희는 한숨을 내쉬었다.

"차라리 아빠가 비트코인에 투자하다 망했으면 이런 기분은 아닐 거야."

"무슨 기분인데?"

"오빠 너는 어떻게 생각하는지 모르겠지만 나는 아빠가 그 연령대에서는 스마트한 사람이라고 생각했어."

나도 아버지를 비슷하게 여기던 시절이 있었다. 불어 교과서를 능숙하게 읽을 줄 아는 아버지가 당시에 많지는 않았다. 그때 아버지의 목소리에 실려 흐르던 불어는 90년대 초반 TGI패밀리레스토랑에서 먹던 따뜻한 만찬처럼 풍요롭게 느껴졌다.

"그런데 그게 아니었던 거야. 감정적인 부분에서는 백치 같았구나, 라는 생각이 들어. 붉은 톤의 립스틱 색깔을 다 빨갛다고 생각하는 것처럼, 타인이 지닌 감정의 미묘한 채도를 못 읽는 거야. 그러니까 로맨스란 감정 하나 가지고 밀고 들어오는 상대를 믿어버리잖아. 조금만 생각하면 그게 수상해 보이는 수작이라는 걸 알고도 남을 텐데."

여동생은 맥주를 든 채 한숨을 내쉬었다.

"어쩌면 오빠도 비슷한 부분이 있어."

"내가?"

"왜 그런지 모르겠는데 망토를 두르고 살려는 사람 같아. 진짜 나를 아무도 알아보지 못하도록."

"그게 조련된 소시오패스냐?"

여동생은 손사래를 쳤다.

"아, 그건 좀 너무 나갔고. 내가 스트레스 받으면 원래 좀 쏘는 버릇이 있는 거 알잖아. 직진으로 다가오는 머저리 변호사가 있었는데 그 인간한테 질리니까 주변 남자들의 단점이 다 뚜렷하게 보이는 거야. 뭐, 오빠가 소시오패스 정도는 아니지. 사람 자체가 대놓고 이기적으로 보이는 부분이 있어서 그렇지."

"그건 너나 나나 마찬가지 아니냐?"

"아니, 나는 내가 합리적인 사람이라고 생각하는데? 그게 세상의 편견이지. 남자가 합리적이면 이성적이고, 여자가 합리적이면 곧바로 이기적인 년이고. 뭐 난 그냥 이기적인 인간이 될 테니까 이만 나가줬으면 해."

여동생의 방에서 떠밀리듯 나온 나는 거실을 가로지르다 어머니의 방을 보았다.

어머니가 돌아오면 어쨌든 이 문제는 해결되어 있을 터였다. 그걸 해결한 사람이 나고, 그 단서를 마련해준 사람이 에어비앤비에서 만난 빈방 청소부라는 건 모를 테지만. 또 아버지가 돈가방에 눈이 먼 것이 아니고 나이지리아인들이 창작한 가상의 프랑스 여인과 사랑에 빠졌다는 건 결코 모를 테지만.

방으로 돌아온 나는 BJ들의 개인방송을 보고 싶은 마음은 추호도 없었다. 그때 처음 보는 번호로 문자메시지가 한 통 날아왔다.

에어비앤비 한국지사입니다.

에어비앤비에 숙박했던 회원님들에게 드리는 특별 이벤트!

함께 에어비앤비에 묵고 싶은 사람을 선택해주세요.

추첨해 어마어마한 선물을 드립니다.

메시지에는 링크주소가 딸려 있었다. 어마어마한 선물이 무엇인지 궁금하지는 않았지만 나는 무심결에 링크주소를 클릭했다. 하지만 재빠르게 창 하나가 뜨는 것 같더니 금방 사라졌다. 나는 다시 한번 링크주소를 누르려다 귀찮아져서 휴대폰을 침대에 내던졌다.

아버지 문제가 해결되었지만 마음이 편하지 않았다. 마음 깊숙한 곳에 있던 작은 피톨 같은 것이 뭉게뭉게 부풀어오르는 기분이었다. 그러더니 마음의 출혈이 점점 더 커지고 말았다.

여자친구와 다른 남자가 함께 있는 장면을 상상하고 있는 내 모습이 불쾌하게 짜증스러웠다. 그런데 곰곰이 생각해보니 우리 둘은 서로를 정리한 것은 아니었다. 그러니 나는 헤어진 애인의 뒤나 캐는 놈은 아니었다.

'혹시 내가 그 에어비앤비로 들어간 첫 번째 남자가 아닌 거아니야?'

나는 휴대폰을 집어 들고 그 문장을 카톡메시지 창에 적었다가 지워버렸다. 이어 누구하고 그 집으로 들어가느냐고 적다가 다시 삭제했다. 죽도록 사랑해, 이유는 모르겠지만 정말 잘못했어, 누가 보고 있는 것도 아닌데 그런 문자를 입력하는 내 자신이 창피해서 또 지웠다.

결국 내가 마지막으로 입력한 문자는 이러했다.

'자니?'

그걸 보낼까 말까 고민하다 다시 지웠다.

휴대폰의 카카오톡 창을 보고 있는데 그 창 너머에서 누군가가 나와 마주 보고 있는 기분이었다. 나의 지질한 자아, 혹은 나의 서글픈 얼굴, 아니면 내가 미처 보지 않으려 했던 나. 나는 다시 휴대폰을 매트리스 위로 던져버렸다. 그리고 벌렁 드러누웠다.

나는 두렵고 슬프고 어지러웠다. 나는 언제나 스스로를 이성적인 인간이라고 믿었다. 하지만 이성의 인식과 감성의 감정 간의 속도가 다를 뿐이었다. 상실의 감정이 뒤늦게 밀려와 무덤덤하다고 믿는 나와 뒤늦게 충돌할 때가 다가오고 있었다. 그러면 나는 산산이 부서지겠지. 지금이 딱 그런 순간이었다. 목울대를 타고 그렁그렁 슬픔이 올라오는 것만 같았다.

나는 이불을 뒤집어썼다. 어쩌면 가족과 함께 사는 삼십대 남성이 유일하게 울 수 있는 공간은 이불 속인지 몰랐다. 하지만 이불 속 어둠에서 나는 깨달았다. 이불 속에서도 나는 울 수 없다는 걸.

그때 이불을 뒤집어쓰고 있는 내 귀에 휴대폰 진동음이 들려왔다. 나는 이불 밖으로 나와 재빨리 휴대폰을 집으려다 멈칫했다. 희수가 보낸 카톡메시지면 어떻게 대답해야 할까 싶었다.

대박 스포츠 토토. 한 방에 인생 역전 홈런!

그건 도박사이트 광고 스팸이었다. 나는 휴대폰을 다시 내던졌다. 몇 년 전부터 주기적으로 스팸메시지가 날아오는 걸 보면 진즉에 내 개인정보가 털린 모양이었다.

그래봤자 별 상관은 없었다. 이미 개인정보는 세상에 널리 퍼졌으며, 내 컴퓨터 안에 대단한 자료는 없었다. 심지어 내 컴퓨터 속 야한동영상 목록도 지극히 평범한 종류의 것이어서 그것이 세상에 알려진들 들킬 만한 비밀도 없었다. 성별이 같지도 않고, 타인을 묶지도 않으며, 노인들이 헐떡대지도 않았다. 분노파티를 벌이는 경우도 없고, 암말과 수캐가 파트너로 나오거나, 서로가 서로를 서로에게 공유하지도 않았다. 당연히 내가 직접 내 배꼽 아래를 찍은 영상을 갖고 있지도 않다. 나를 '불펌'한들 나는 그냥 이 세상에 흔하디흔한 평범한 나였다.

그때 문자메시지가 한 통 더 들어왔다. 아까 진을 빼서인지 이번에는 덤덤하게 메시지를 확인했다.

에어비앤비 한국지사입니다.
에어비앤비에 숙박했던 회원님들에게 드리는 특별 이벤트!
잊지 못할 친절한 에어비앤비 호스트에 대해 한 줄 평을 적어주세요.
추첨해 어마어마한 선물을 드립니다.

나는 링크를 따라 접속하는 대신 에어비앤비에서 보낸 문자메시지를 슥 지워버렸다. 운이 친절한 에어비앤비 호스트는 아니었다. 물론 잊지 못할 에어비앤비의 청소부인 건 틀림없었다. 어차피 잠도 달아나고 울적한 기분이어서 나는 머릿속으로 그래프나 그려보았다. 이번에는 로맨스소설의 그래프가 아니라 추리소설의 그래프였다.

'과연 에어비앤비의 청소부는 어떤 범죄를 저질렀는가?'

폭력전과는 아니다. 키는 컸지만 한주먹 거리도 안 될 법한 인상이었다. 생계 때문에 편의점에서 삼각김밥과 딸기우유를 훔쳤다? 아니야, 과거에 큰돈을 만져본 적이 있다고 하지 않았나. 그렇다면 사기, 그것도 다단계에 가까울지 몰랐다. 아니다, 다단계는 언변이 중요한데, 트랜스젠더 사장을 만나기 전까지 말주변이 없었다고 하지 않았나.

문득 녀석이 로맨스스캠 범죄자들에게 동질감을 느꼈던 것이 떠올랐다. 그때는 단순히 가난한 범죄자에 대한 동정심 때문에 그런 생각을 했으리라 짐작했다. 하지만 지금은 녀석이 로맨스스캠처럼 웹의 세계와 관련이 깊은 범죄자일지도 모르겠다는 생각이 들었다. 더구나 나이지리아인과 Whats app으로 대화까지 나눴다고 하지 않은가?

'그렇다면 딩동댕, 해커다!'

개인정보를 보유한 기업 홈페이지를 털어 개인정보를 되파는 해커들이 있다는 뉴스를 본 적이 있었다. 외국인들과 메신저, 사기죄, 중학교 중퇴하고 컴퓨터만 가지고 놀았다는 이야기 등등. 녀석이 흘린 정보를 조합해보니 해커일 확률이 점점 더 높게 느껴졌다. 나는 나름의 만족스러운 결과가 나왔다는 생각에 뿌듯해졌다. 물론 에어비앤비의 청소부가 해커이건 아니건 나와는 상관없는 일이지만. 그러다 문득 애인 때문에 울려다가 해커 때문에 다시 웃는 내가 정말 멍청하게 여겨져 서둘러 이

불을 머리끝까지 덮었다.

그 주 주말이 지나고 월요일이 돌아왔다. 직장동료들과 함께 회사 인근 식당으로 우르르 몰려가 찌개를 먹고 있을 때였다. 찌개는 늘 짰고 물컵에서는 불쾌한 비린내가 풍겼다. 그때 바지주머니에서 진동이 느껴졌다. 빈방 청소부가 에어비앤비를 통해 보내온 문자메시지였다.

친구하고 있다가 간 것 같아요.

나는 숟가락을 놓고 먼저 자리에서 일어났다. 나는 화장실 쪽으로 가면서 답신을 보냈다.

뜬금없이 무슨 소리죠?

곧 몇 분 안에 다시 답장이 날아왔다.

청소하는데 느낌이 딱 여자들이 와서 놀고 갔을 때와 같아요. 남녀 커플이 들어왔을 때보다 화장품 냄새가 몇 배는 더 진하거든요. 침대시트도 깨끗하고 청소해보니 긴 머리카락만 있고. 그리고 커플이 한 방에 묵고 가면 원래 방 안에 뭔가 야릇한 냄새가 남아 있어요. 그런 거 전혀 없고.

나는 불쾌했다. 녀석이 내 여자친구의 삶을 훔쳐본 것 같아 그렇기도 했다. 하지만 그보다는 나의 지질한 속내를 에어비앤비 청소부에게 들킨 것이 창피했다.

그 이야기를 왜 하는지 모르겠군요.

곧바로 답장이 날아왔다.

으엥? 궁금해하셨잖아요. 딱 견적 나오던데.

나는 다시 메시지를 보냈다.

무례하시군요.

나는 녀석에게 카운터펀치를 날리고 싶었다. 나도 너의 비밀을 알고 있다, 정도의.

님 혹시 전문 해커?

더 이상 윤에게 대답은 없었다. 나는 사무실로 돌아오면서 속이 후련했다. 해커, 라는 말을 에어비앤비의 청소부에게 내뱉어서가 아니었다. 희수가 여자와 에어비앤비에 묵었다면 누구인지 대략 알 것 같아서였다. 룸메이트인 같은 잡지사에 근무하는 여기자일 터였다. 희수는 나와 함께 이태원 에어비앤비에 묵었던 날 파티룸으로 에어비앤비를 한 번 더 이용해보고 싶다고 말했다. 결혼을 앞둔 룸메이트를 위해 에어비앤비에서 특별한 파티를 열어주고 싶다고. 하지만 왜 하필 우리가 싸우고 헤어졌던 그 장소를 다시 골랐는지는 알 수 없었다.

'화가 풀린 건가? 아니면 아무 상관없는 건가?'

그날 저녁 희수는 어젯밤 머문 에어비앤비에 대한 후기를 남겨놓았다.

친구하고 함께 시시콜콜 파티하기에는 좋은 집. 조용하고 전망이 좋다. 밤에 위층에서 부부싸움 하는 소리 들려서 잠시 시끄럽기는 했음.

나는 희수에게 전화를 걸어볼까 고민하다가 카카오톡 메시지를 보냈다. 감정을 숨기기에는 목소리보다 메시지가 더 유용하니까. 일부러 신경쓰지 않는 듯 무심한 투로.

룸메하고 같이 거기 갔어?

삼십 분쯤 지난 후 희수가 다시 메시지를 보냈다.

내가 거기 간 건 어떻게 알았는데? 스토킹? 연락 없더니 계속 내 주변을 배회했나보네?

나는 에어비앤비 청소부 때문에 알게 되었다고 고백하고 싶지는 않았다.

후기 남겼잖아. 왜 하필 그 집?

희수가 다시 답장을 보냈다.

액땜. 뷰가 좋고 분위기 좋은 에어비앤비를 계속 재수없게 기억하고 싶지는 않아서 갔는데. 글쎄, 그 집에 쪽지가 하나 있더라.

쪽지?

희수는 그 집에서 레이먼드 카버의 소설에 꽂혀 있는 종이를 하나 발견했다고 했다. 어떻게 사랑을 말해야 할지 모르는 남자가 Steve라고 워드로 크게 쓰고 출력한 종이였다.

그거 네가 쓴 거 맞지? Steve가 네 에어비앤비 닉네임이잖아.

나는 그 쪽지를 누가 썼는지 알 것 같았다. 아마도 에어비앤비의 청소부 운이 한 일일 터였다. 내가 들려준 말 그대로 내 이름을 붙여 희수가 좋아하는 레이먼드 카버 소설집 안에 넣어 두었겠지.

아니, 내가 그런 건 아니야. 내가 왜 그랬겠어.

나는 퉁명을 가장해서 그렇게 문자메시지를 보냈다. 하지만 그 쪽지는 어쩌면 정확히 내 마음을 말하고 있는 것도 같았다. 어떻게 사랑을 말해야 할지 모르는 남자, 그게 나였다. 로맨스 소설의 그래프를 그리듯 사랑할 뿐, 나는 진정 타인 그대로를 사랑할 줄 몰랐다. 그리고 그 감정을 들키지 않으려 노력해도 상대방은 언젠가 그것을 눈치챘다. 하지만 희수는 달랐다. 그녀는 특별했다. 왜냐하면 그녀 역시 나와 비슷한 사람이었기 때문이다. 타인을 사랑하면서도 사랑하는 감정에 너무 깊게 빠져들지 않으려 노력하는 사람이었다.

다만 우리 두 사람의 차이는 있었다. 나는 그녀가 나와 비슷한 사람이라서 안전하게 느꼈다. 하지만 희수는 내가 그녀보다는 좀 더 따뜻하고 포근해지기를 바라는 듯했다. 설령 그게 하나의 다정한 연기에 불과하더라도.

십 분 정도 지난 후에 희수의 메시지가 날아왔다.

웃기네. 그 집에는 왜 혼자 들어간 거야? 어떻게 알았냐고? 후기 보고 알았지. 도대체 왜 그랬어. 자기가 클럽에서 여자한테 들이댈 만한 캐릭터는 아닌 거 알지?

나는 답장을 보냈다.

액땜.

그리고 다시 한 줄을 더 보냈다. 진심을 담은 거짓말을.

혼자 그 집에 있으니까 마음은 편해지는데 액땜이 안 되더라. 그래서 그냥 네가 좋아하는 소설에 그 쪽지 꽂아두고 왔어. 그 쪽지는 너하고 다툰 다음에 출력해서 갖고 다니던 거고. ……우리 아직 헤어진 건 아니지?

잠시 후 희수가 다시 메시지를 보내왔다.

메시지를 쓰긴 썼어. 하지만 보내지는 않았어. 그럼, 아직 우리 사이는 유효한 거지.

나는 다음날 저녁 희수에게 메시지를 보냈다.

액땜하러 갈래?

나는 그 주 주말 밤에 이태원의 에어비앤비에서 희수와 만나기로 약속을 잡았다. 내 에어비앤비 예약 메시지에 운은 특별한 답신을 보내지는 않았다. 호스트의 의례적인 문자 "예약되었습니다"라는 답신만을 보내주었을 따름이었다. 그리고 마치 처음 예약하는 사람을 대하듯 예약한 에어비앤비의 약도 및 도어 비밀번호와 주의사항을 추가로 다시 보내주었다.

나는 이태원역에서 내려서 이제는 익숙해진 길을 따라 움직였다. 레스토랑이 몰려 있는 홍석천거리에는 사람들이 북적였다. 그들은 그 순간 다들 행복해 보였다. 어쩌면 그 순간을 위해 우리는 타인을 만나 설렘 포인트를 찾는지도 몰랐다. 반짝이는 행복, 그 뒤에 다시 긴 점멸의 시간이 올지라도.

나는 아이스크림 가게와 편의점이 있는 코너를 돌아 언덕으로 올라갔다. 한순간에 거리는 조용해졌다. 게스트하우스와 에어비앤비가 있는 골목에 이르자 그곳에서 번화가의 소음은 자그마한 속삭임처럼 들려올 정도였다. 나는 이제는 익숙해진 쪽문을 열고 들어가 계단을 올랐다. 에어비앤비의 비밀번호를 누르고 안으로 들어가자 서재 창가에 몸을 기대고 있던 희수가 나를 돌아보았다.

조명은 켜지 않은 상태였다. 하지만 서재와 주방의 넓은 창으로 들어오는 달빛과 언덕 아래 루프탑 술집의 환한 불빛으로 방 안에는 은은한 분위기가 감돌았다. 블라인드의 그림자 때문에 희수가 입은 흰색 블라우스의 가느다란 선들에 그림자가 졌다. 나는 그녀에게 다가가 천천히 그녀의 어깨를 어루만졌다.

"내가 이 집에 왜 왔을 것 같아?"

내 물음에 희수가 담담하게 대답했다.

"아마, 나를 보고 싶어서 왔겠지."

"Steve 때문에 마음이 풀어진 거야?"

물론 나는 희수가 왜 나 때문에 그날 밤 화가 났는지는 여전히 알 수 없었다.

"아니, Steve가 바보 같은 남자애라고 생각하니까 그냥 맥없이 웃음이 나오기는 했어."

그러고서 우리는 말없이 창밖을 바라보았다.

이곳 에어비앤비에서는 루프탑 술집에 앉아 있는 사람들의 웃고 떠드는 모습이 자그마하게 보였다. 그들의 목소리 역시 한데 뒤섞여 희미한 백색소음처럼 들려왔다.

"이렇게 보니 무슨 영화의 한 장면처럼 보이네. 저기 앉아 있는 사람들이."

희수가 나직하게 말했다.

"술꾼들이겠네, 제목은. 우리 중에 술꾼은 나보다 너고."

그 말에 희수가 내 아랫배를 주먹으로 쳤다.

그녀에게 맞는 순간 나는 희수가 화가 풀렸다는 걸 확실하게 느꼈다. 남자는 여자의 말을 통해 쉽게 그녀의 감정을 짐작하지 못한다. 하지만 여자가 남자를 때리는 순간에는 확실히 느낄 수 있다. 지금 화가 났는지, 아니면 화가 풀렸는지, 아니면 나를 떠나고 싶은지.

"내 생각에 제목은 팬티와 브라 안쪽이 어울릴 것 같아. 실은 저 사람들 마음으로는 입고 있는 옷이 아니라 그것밖에 안 보이겠지."

희수는 담담한 목소리로 그리 말했다.

"서로의 마음을 보는 게 아니고?"

내 말을 듣고 희수는 고개를 내저었다.

"마음이 그렇게 쉽게 보이나. 같이 여러 밤을 보내도 제대로 안 보이는 게 상대의 마음인데."

그렇게 말하면서 희수는 나를 보았다. 우리 두 사람은 서로를 마주 보다 천천히 입을 맞추었다.

"담배 냄새 난다……."

"나 담배 안 피우는 거 알잖아?"

"아니, 영훈 씨 냄새 있어. 특유의 편안한 니코틴 향 같은 거. 나만 느낄 수 있는."

희수는 내 와이셔츠의 단추를 장난스럽게 풀었다. 그러고서 내 목덜미에 얼굴을 묻었다. 루프탑에서 술을 마시는 이들 중 고개를 돌리면 서로의 옷을 차례로 벗겨내는 우리의 모습이 창으로 비칠 터였다. 하지만 그들 중 우리를 발견한 사람은 없을 터였다. 물론 있어도 상관없을 것 같았다, 그 순간에는.

서재에서 시작해 침실의 침대로 올라가 사랑을 나누고서 우리는 나른하게 누워 있었다. 나는 희수의 어깨를 부드럽게 매만지며 물었다.

"그날 왜 그랬어? 나는 아직 이유를 잘 모르겠어."

"내가 왜 이 집을 예약했을 거 같아?"

"그냥, 특별하게 놀고 싶던 날 아니었어?"

희수는 고개를 옆으로 돌렸다. 내가 좋아하는 그녀의 옆모습에서 슬픔과 발랄함이 오묘한 비율로 섞인 특유의 표정이 엿보였다.

"그런 것도 있는데 나는 그때 영훈 씨와 한집에 사는 게 어떤 걸까 생각하고 있던 차였어. 우리 두 사람이 닮은 구석이 있잖아. 서재가 있고, 같이 책을 읽고, 그런 집에서 영훈 씨와 살면

113

어떨까? 이 집이 내가 상상하던 분위기하고 약간은 비슷한 면이 있었거든. 물론 좀 더 넓어야겠지만. 욕실에는 비데도 있어야 하고. 그런데 막상 이 집에서 그렇게 즐겁지가 않았어."

"우리 그때 즐거웠잖아."

"아니, 내가 즐거워보려고 노력한 거지. 나를 위해. 어쩌면 너를 위해. 결국 그러다 폭발했지만. 행복하려고 노력하는 게 무슨 의미가 있나 싶기도 했고."

희수는 나와 헤어질 작정이었다고 했다. 하지만 에어비앤비에서 후기를 남기라고 계속 메시지가 날아오는 바람에 뒤늦게 '엿 같았다'라고 남기려다 내가 남긴 후기를 봤다고 했다.

"개 오줌 냄새 나는 집?"

"응, 그거. 그런데 왜 영훈 씨가 이 집에 혼자 왔을까 궁금해지는 거야. 왜 다시 왔지? 누구와 다시 왔지? 무슨 이유로 왔지? 생각해보니 영훈 씨 성격상 이런 집에 뜬금없이 만난 지 얼마 안 된 여자와 함께 올 성격은 아니야. 연애의 진도를 빼는 데 오래 걸리는 사람이라는 걸 알고 있으니까."

그건 맞는 말이었다.

나는 두 사람이 포옹하는 단계까지 올라가는 감정의 계단을 하나씩 밟는 걸 좋아했다. 클럽에서 눈이 맞아 곧바로 에어비앤비의 침대로 가는 건 내 취향이 아니었다.

"그렇다면 혼자 왔다는 건데, 왜 혼자 왔는지 도무지 모르겠더라고."

그리고 희수는 이 집에 룸메이트와 들어왔다 레이먼드 카버 소설에 꽂아둔 쪽지를 발견한 것이었다. 나는 왜 운이 그 문장을 적어넣었는지 잘 알았다. 하지만 왜 그 문장을 적은 쪽지를 레이먼드 카버 소설에 직접 꽂아넣었는지는 알 수 없었다.

'에어비앤비의 청소부에서 에어비앤비의 큐피드라도 되고 싶었던 거야? 아니면 보물찾기 이벤트라도 할 생각이었나.'

나는 희수에게 속삭였다.

"처음이었어. 누군가 내 옆에 없어서 두려운 게. 그 누군가가 바로 너고."

그날 밤 그곳은 진정 우리만의 집이었다. 낡아빠진 이케아 침구 따위는 조금도 신경쓰이지 않았다.

잠들기 전에 희수가 손끝으로 어느덧 수염이 자라 꺼끌꺼끌해진 내 턱을 만지면서 말했다.

"우리는 뭔가 억울한 세대 같아."

"뭐가 억울하지, 우리 자기?"

희수가 느끼한 팔십 년대 배우처럼 말하지 말라며 내 가슴팍을 한 대 때렸다.

"사랑이 얼마나 달콤한지 영화나 소설을 봐서 다 아는데, 그걸 실천하기에는 너무 바쁘게 살거나, 너무 쫓기듯 살아야 하잖아."

나는 그냥 그녀의 머리를 쓰다듬어주며 말했다.

"실은 사랑보다 자기 자신의 삶이 더 중요한 거 아니고?"

희수는 빤히 나를 바라보았다.

"그런가? 지금 이 순간은 아닌데?"

그러면서 내 품에 안겼다.

"사실은 그래. 내 머리에서 사랑이 차지하는 영역은 아주 작은 것 같아. 내 일보다, 내 연봉보다, 사랑이 중요하다고 생각한 적은 없어. 하지만 내게 사랑이 없다고 생각하면 그 나머지가 너무 부질없어 보일 때가 있어. 사랑은 약간의 레몬즙이나 바질 같은 거라서 그게 없으면 삶에 향기가 없는 것처럼 느껴지는 거야."

다음날 우리는 출근을 위해 눈을 떴다. 그리고 벽걸이 CD플레이어로 Nat King Cole이 부른 〈Love〉를 들으며 각자 출근 준비를 했다. 내가 서재에서 수건으로 젖은 머리를 말리는 동안 희수는 침실 거울을 보며 화장을 했다.

"나중에 후기에 이렇게 적을까봐. 좋은 집인데 거울 위치가 어정쩡하다고."

"거울이 서재와 침대에 있는데?"

"둘 다 화장할 때 별로. 침실은 조명이 어둡고, 서재는 햇빛이 밝게 들어오는데 빛 받는 위치가 안 좋아. 민얼굴이 좀비처럼 보인다니까."

나는 이번에는 후기를 남길 생각이 없었다. 대신 에어비앤비의 청소부에게 문자메시지를 따로 보냈다.

정말 좋은 집이야요. 대박 나시길.

체크아웃, 하려는데 에어비앤비를 통해서가 아니라 운이 자기 번호로 메시지를 보내왔다.

정말 좋은 집이야요. 대박 나시길.

'큐피드 놀이에 이어 메아리 놀이라도 하고 싶은 건가?'
큐피드건 메아리건 상관없이 에어비앤비의 청소부는 나에게는 착한 해커였다. 자존심 강한 연인들의 숨겨둔 감정을 해킹해 두 사람의 사랑을 다시 이어주었으니 말이다.
나는 녀석에게 '고마워요, 해커님'이라고 답장을 보내려다 희수가 팔짱을 끼는 바람에 휴대폰을 그냥 호주머니에 집어넣었다.
희수의 룸메이트는 무슨 작정인지 결혼 후에 시댁으로 들어갔고 당분간 희수는 혼자 살았다. 물론 그녀가 혼자 살게 된 다음날 나는 그녀의 집으로 갔다. 그리고 그녀가 새로 주문한 이케아 장식장을 조립하느라 끙끙거렸다. 잡지기자인 그녀가 스트레스를 푸는 방법은 한 달에 한 번 이케아에 가서 마음에 드는 가구를 골라 주문하는 것이었다. 그리고 사랑하는 연인과 함께 가구를 조립하면서 기쁨을 찾았다. 이태원의 에어비앤비 역시 더는 예약할 이유가 없어졌다.

8

몇 주 후 재무부서에는 또다시 철야 시즌이 찾아왔다. 내 일상은 예전과 다름없었다. 희수와는 다시 사이가 좋아졌고, 아버지는 페이스북을 탈퇴했는지는 모르겠지만 더 이상 돈가방 타령은 하지 않았다.

철야 이틀 만에 집으로 돌아온 나는 그대로 방으로 들어가 침대에 고꾸라졌다. 머릿속이 숫자가 빽빽이 적힌 파지로 가득한 것 같았다. 그때 바지주머니에 넣어둔 휴대폰에 진동이 느껴졌다.

스타벅스에서 내게 보낸 메시지였다. 확인해보니 내 명의로 오만 원짜리 기프티콘을 구입했다는 내용이었다. 그리고 잠시 후 내게 문자메시지 하나가 날아왔다. 이번 문자는 내가 나에게 보낸 메시지였다.

ㅋㅋ

내 머릿속 궤도를 맴돌던 인공위성 하나가 멀리에서 내 전두
엽 가까이로 다가오는 기분이 들었다. 이태원 에어비앤비 빈방
청소부이자 해커인 운이었다. 녀석이 범인이었다. 내 휴대폰이
해킹당한 것이었다. 방법은 알 수 없지만 틀림없었다.

장난은 그만하지?

내 생활을 엉망으로 만들려는 녀석에게 존중 따위는 필요 없
었다. 하지만 나는 경찰에 신고하겠다는 메시지를 보낼까 하다
그만두었다.

그 기프티콘으로 뭘 할 건데?

중고나라에 되팔려고요. 게스트님 폰 이제 제 손 안에 있는 좀비폰이거든
요. 에어비앤비 이벤트 접속, 이게 피싱문자였고요. 이 번호로 님 개인정
보 다 확보했어요. 올리브영, 교보문고, 베스킨라빈스31 원하는 모든 기프
티콘은 맘대로 다 결제할 수 있어요.

나는 휴대폰을 바닥에 내던지려다 참았다. 하지만 이 휴대폰을 부순다고 빈방 청소부에게 빼앗긴 번호를 되찾을 수 있는 건 아니었다. 그렇다고 내버려둘 수도 없었다. 그가 좀비폰이 된 내 휴대폰 번호를 이용해 무슨 짓을 할지 알 수 없었다. 그때 다시 빈방 청소부에게 메시지가 날아왔다.

도, 와, 줘, 요.

무슨 개수작.

나는 화가 나서 그리 보냈다.

나 때문에 잘 됐잖아요. 문자 보니 서로 좋아 죽던데.

틀린 말은 아니었다. 그래서 나는 자정 넘은 시간에 빈방 청소부가 머물고 있는 이태원 에어비앤비로 차를 몰았다. 차가 있긴 했지만 주말에 데이트할 때를 빼고는 거의 쓴 적이 없었다. 그런데 내 휴대폰 번호를 찾기 위해 이렇게 한밤중에 쏜살처럼 달릴 줄은 몰랐다.

차를 몰면서 꽉 조였던 일상의 나사가 하나하나 풀어지는 기분이었다. 그러자 나는 해커인 빈방 청소부가 무엇을 원할지 알 것도 같았다. 아마도 운은 재무부서 소속인 나를 이용해 회사의 비밀정보를 빼돌리거나 회사 자금을 유출시키려는 것일 터였다. 그 방법이 어떻게 가능할지 나는 몰랐다. 나는 재무부서 직원이지 해커는 아니니까.

공덕동 로터리를 지나는데 희수에게서 문자메시지가 한 통 날아왔다.

변태야, 왜 그래?

황당한 마음에 운전하며 메시지를 확인해보니 세상에, 내가 내 번호로 희수에게 장문의 문자를 보내놓았다. 너를 향해 내 마음은 불타오르고 있어서, 머리부터 그곳까지. 뭐 이런 식의 유치한 메시지였다.

나는 블루투스를 연결해 희수에게 전화를 걸었다.

"희수야, 그거 내가 보낸 문자 아니니까 그냥 지워버려. 싹 지워버려."

"그럼, 누가 보낸 건데?"

"도둑맞았다고 내 번호."

"휴대폰 잃어버렸어? 분실신고했어?"

"아니, 휴대폰은 아니고 번호만."

"그게 무슨 소리야?"

"설명하기 좀 복잡해. 어쨌든 금방 되찾을 테니까 그렇게 알고 이상한 문자 오면 그냥 지워버리면 돼."

나는 전화를 끊고 액셀러레이터를 밟았다. 평일 자정 넘은 시간에 공덕에서 이태원까지 도로는 뻥 뚫려 있었다.

에어비앤비로 올라가는 자그마한 레스토랑들은 모두 문을 닫은 상태였다. 나는 그곳에 불법주차를 한 뒤 내려서 서둘러 에어비앤비로 향했다. 그사이 내 휴대폰을 열어보니 수많은 문자들이 날아와 있었다. 고교 동창들, 어머니, 아버지 심지어 여동생 설희한테까지 문자가 와 있었다.

그 문자들은 희수에게 보낸 만큼 적나라한 내용은 아니었다. 하지만 보는 것만으로 부끄러워 손발이 사라질 것만 같은 문장들이었다. 동창들로 분류된 이들에게는 우정, 의리, 운운하는 창피한 문자들을 보냈다. 회사 상사에게는 회사를 위해 충성 운운하는 내용이었다. 어머니, 아버지에게는 아예 문자로 사모곡과 사부곡을 쓰고 앉아 있었다. 여동생이란 이름으로 저장한 설희한테 내가 보낸 문자메시지 역시 가관이었다.

오빠는 너를 언제나 사랑하고 아끼고 있어. 지금보다 더 좋은 오빠가 되어 여동생의 앞날에 부끄럽지 않은 사람이 될 거야.

나는 개와 고양이 벽화가 그려진 선술집 앞에서 여동생의 답장을 확인했다.

고마워, 좋은 밤.

내가 예상했던 설희의 답장은 아니었다. 하지만 나는 다급한 와중에도 그 짧은 문자를 몇 번이나 반복해서 읽었다. 그리고 곧이어 아버지와 어머니에게도 차례대로 답장이 날아왔다.

그때 선술집 문이 열리고 고양이를 닮은 여주인이 나와서 빤히 나를 바라보았다. 나는 휴대폰을 손에 쥔 채로 나무문을 가리켰다. 그 모습을 보고 그녀는 한숨을 내쉬고는 고개를 끄덕였다.

"3층으로 올라가세요. 조용조용히. ……그리고 저희 가게는 새벽 네 시까지는 열어놔요."

나는 민망해서 괜히 멋쩍게 고개를 숙이고 쪽문을 열고 2층으로 바로 올라가는 계단에 발을 디뎠다.

계단은 여전히 비좁았다. 다행히 그날은 청소를 했는지 개 오줌 냄새는 나지 않았다. 하지만 내가 3층 현관 앞에 서 있을 때 갑자기 컹컹, 개 짖는 소리가 나서 깜짝 놀라고 말았다. 아마도 옥탑으로 올라가는 계단에 그 큰 개가 서 있었던 모양이었다. 평소에는 오줌 냄새로만 느꼈던 이 집 레트리버의 실체를 확인하는 순간이었다.

개 짖는 소리 때문이었는지 안쪽에서 먼저 문이 열렸다. 집 안에는 얼굴이 불콰해진 빈방 청소부 운이 한 손에 든 앱솔루트 보드카 병을 치켜들고 나를 맞이했다.

"미쳤군, 이걸 그냥 생으로 마신 건가? 더럽게 맛없는데."

그 말을 하고서 무심결에 고개를 돌려보니 식탁 위에 카페인음료 레드불 깡통 세 개가 있었다. 두 개는 찌그러졌고 나머지한 개는 아직 뚜껑을 따지 않았다. 그 옆에는 큰 유리컵에 담긴누런 빛깔의 술이 반 잔쯤 남은 상태였다.

나는 홧김에 그가 손에 쥔 보드카를 빼앗아 빈 잔 하나를 꺼내 콸콸 따랐다. 그 안에 레드불 캔을 따 따르고 단숨에 들이켰다. 술이 약해 거의 맥주만 마시던 내가 시도해보지 않았던 보드카 혼합주였다. 하지만 독한 술과 카페인이 뒤섞인 액체가몸속에 퍼지자 순간적으로 내 안에 있는 분노의 불이 확 당겨지는 것 같았다.

"휴대폰부터 내놔!"

빈방 청소부는 벽에 기대 주저앉으면서 피식 웃었다. 그의옆에는 노트북이 한 대 놓여 있었다. 그는 노트북을 열어놓은채 손가락으로 마우스패드를 문지르고 있었다. 회색 고양이의부드러운 뱃살을 어루만지듯 흐뭇한 미소까지 짓고 있었다.

"휴대폰은 그쪽이 가지고 있잖아요. 제가 휴대폰을 빼앗은건 아니잖아요."

"그래, 그러니까 번호 다시 돌려달라고."

그는 웅크린 채 나를 바라보았다.

"나를 도와주면요."

"뭘, 바라는데."

나는 잠시 마른 침을 삼켰다.

사실 이곳으로 오는 내내 이런저런 생각을 했다. 내가 다니는 회사의 자금을 빼돌릴 수 있다면 내가 거기 합류하는 것은 어떨까? 샐러리맨이라면 회장이나 사장에게 한 방 먹이고픈 생각쯤은 누구나 할 터였다. 나도 마찬가지였다. 더구나 세상에는 알려진 범죄도 많지만 알려지지 않은 범죄도 많은 법이었다.

그래, 내 모든 운을 해커 운에게 걸어볼 수도 있었다. 어쩌면 나는 큰 몫을 단단히 쥐고 한국을 떠나 베트남 어디쯤에 숨어 편안한 여생을 보낼지도 몰랐다. 그 순간 희수의 얼굴이 떠올랐다. 희수는 그런 파격적인 인생을 꿈꾸는 사람은 아니었다. 그리고 나도 마찬가지였다. 지금의 내 안정된 생활을 깨, 깨, 깨 깨부수고 어마어마한 모험에 인생을 걸 만한 용기가 없다는 결론을 내렸다.

나는 무모하게 액셀러레이터를 밟기보다 천천히 앞을 바라보며 브레이크를 밟는 삶을 택한 남자였다. 이 시대 대다수의 중산층, 아니 중산층을 꿈꾸며 버둥대는 대부분의 평범한 삼십 대들처럼.

"이봐, 내가 할 수 있는 건 아무것도 없어. 내가 재무부서라고 회사의 돈을 빼돌릴 수 있는 건 아니라고."

빈방 청소부가 물끄러미 나를 보았다.

"재무부서, 거기가 뭐 하는 곳인데요? 거기서 일해요?"

나는 잠시 말문이 막혔다.

생각해보니 나는 빈방 청소부에게 평범한 직장인이라고 했을 뿐 재무부에서 일한다는 말을 한 적은 없었다.

"걱정 말아요. 제가 님 삥 뜯을 생각 같은 건 첨부터 없었으니까."

다행이다, 싶으면서도 약간 김이 빠졌다. 할리우드 영화를 너무 많이 접했다, 내가.

"그럼, 나한테 원하는 게 뭔데?"

나는 식탁 의자에 앉은 채로 물었다. 의자에 앉은 자세에서 내가 바닥에 주저앉은 그를 내려다보는 위치였다. 그는 손가락을 든 채 흔들었다.

"우선 게스트님, 내가 해커인 건 어떻게 알았어요? 아무리 폰을 뒤져도 그건 알 수가 없던데. 휴대폰 메모장에 나에 대한 기록 같은 걸 적어놓았는지 찾아봤거든요."

"노력이 가상하군. 별 거 아냐, 감으로 찍은 거지."

"어쨌든 대단하시네요. 지금껏 내 정체를 알아챈 사람은 게스트님이 처음이에요."

사실 내가 대단한 사람이라는 생각은 들지 않았다. 누구든 잠시 한 사람에 대해 주의 깊게 들여다보면 무언가 그 사람의 숨겨진 비밀이 보이는 법이었다. 문득 나는 늘 운이 누군가에게 쫓기고 있다고 말했던 사실이 떠올랐다.

"해커, 여전히 쫓기고 있는 거야?"

"맞아요, 진짜 롱이 왔어요."

"롱? 롱이 뭔데?"

"내가 님이 묵고 있을 때 찾아왔던 날 기억나요?"

기억하고말고. 그래서 내가 전과자인 너를 은연중에 만만하게 본 것이니까.

운은 그때 다급하게 이곳으로 들어와서는 겁에 질린 하룻강아지처럼 창밖을 내다보았다. 그래서 그때의 그 모습 때문에 나는 이 해커 녀석을 완전히 미워할 수 없는 거였다. 겁에 질린 모습을 들킨 사람을 함부로 밟을 수는 없었다. 나처럼 냉정한 인간이라도 그 정도의 인지상정은 갖추었다.

"그때 나는 롱에게 쫓기고 있었어요. 롱은 내가 한국에 있을 때에도 내 뒤에 있을 거라고 했거든요."

출소 이후 운은 삼촌이나 여자친구의 말을 따라 평범하게 살아갈 작정이었다. 검정고시 시험을 보고, 아르바이트 자리를 찾은 것도 그런 이유에서였다. 그가 빈방 청소부가 되기 전까지만 해도 모든 일은 순조롭게 잘 풀리는 듯했다. 하지만 빈방 청소부 일을 하면서 운은 중국인 게스트들의 중국어 문자메시지를 받았다. 그 문자에 중국어로 답하면서도 큰 문제는 없었다. 과거 중국인 해커들과 QQ메신저로 중국어 문자를 주고받으며 누가 누가 해킹 도사인가 대결했던 기억들이 스치듯 지나가긴 했다.

해커 생활을 접기로 마음먹은 운에게 그건 그냥 날카로운 첫키스의 추억 같은 거였겠지, 누구나 첫키스에 대한 어마어마한 환상을 품으니까. 해커였던 운은 과거에 세상을 온통 손아귀에 집어넣을 수 있을 거란 꿈을 꿨는지도 몰랐다. 지금의 세상은 사람이 세상을 지배하는 것이 아니라, 시스템이 세상을 지배하고, 해커는 그 시스템의 빈틈을 파고드는 존재이니 말이다.

허나 진짜 해커의 삶이 그럴까? 그들은 뭐 거대한 시스템의 불빛 속으로 뛰어드는 불나방과 다름없는 거 아닌가? 그거야 뭐 알 수 없었다. 지금까지 수많은 개인방송을 봤지만 전직 조폭은 봤어도 전직 해커였던 개인방송 BJ를 본 적은 없었다.

"무서웠어요."

"뭐가?"

어느 날 밤거리를 걷다 운은 걸음을 멈출 때가 있었다. 운은 룽이 그의 뒤에 서 있다고 생각할 때마다 공포에 시달렸다. 어디선가 뒤에서 룽이 와우, 소리를 지르면서 그를 깜짝 놀라게 할 것 같았다. 그런 밤이면 어디로든 도망쳐 숨고 싶은 생각에 견딜 수가 없어졌다. 상식적으로 조선족 해커인 룽이 갑자기 그의 앞에 나타날 가능성이 거의 없는데도 그랬다. 룽이 뒤에서 총구를 겨누고 있는 것처럼 등줄기에서 땀이 흐르고 숨막히는 공포가 느껴졌다. 그럴 때면 운은 숨이 가빠지도록 달아났다. 뒤에서 쫓아오지만 눈에 보이지 않는 무언가를 피하기 위해. 내가 보기엔 일종의 공황장애였다. 운은 그럴 때마다 이 텅 빈 에어비앤비에 숨으면 마음이 안정된다고 했다. 이유는 알 수 없었다. 다만 운은 과거 경찰에 쫓길 때도 김포공항 주변 에어비앤비에서 하룻밤 숨은 적이 있다고 했다. 작은 원룸형 오피스텔이었지만, 욕실에서 곰팡이 냄새가 풀풀 났지만, 운은 그곳에서의 하룻밤을 잊지 못한다고 했다. 하지만 이제 더는 공황장애를 피해 이 이태원 에어비앤비에 숨을 수가 없었다. 예약이 완전하게 다 차서? 아니, 진짜 룽이 나타났기에.

"그 룽이란 놈이 뭐가 그렇게 무서운 거야? 무슨 귀신이라도 되는 거야?"

운은 고개를 내저었다.

"아니오, 귀신보다 생생한 귀신이죠. 세상의 시스템을 흔들 능력이 있는 존재니까. 룽은 나이는 나와 동갑이지만 나보다 몇 레벨 더 위에 있는 해커거든요. 룽에 비하면 나는……."

"그쪽은?"

"말만 해커지, 그냥 급식 수준이에요. 트로이목마 같은 악성코드를 유포시켜 상대방의 컴퓨터를 해킹하는 초보적인 것밖에 못하죠. 하지만 룽은 달라요. 룽은 피싱 프로그램을 만들고, 게임하듯 암호를 만들고 풀 줄 알고, 기업의 보안장치를 손쉽게 후딱 뚫을 줄 알죠."

운이 와우, 와우거리며 룽의 말투를 따라했다.

"와우, 내가 남양유업 따먹었네. 와우, 내가 천재교육 따먹었네. 와우, 다음에는 삼성화재를 한번 홀랑 먹어볼까?"

운은 그러면서 노트북을 가리켰다.

"하지만 룽이 진짜 나에게 연락해올 줄 몰랐어요. 출소 후에도 아무 연락이 없었고, 내 옛날 아이디는 모두 날려버렸으니까. 그런데 내 새 아이디를 결국 알아냈는지 룽이 얼마 전에 내게 이 프로그램을 QQ메신저로 보내줬어요. 그러면서 보낸 메시지는 와우, 가 전부였죠. 예전에도 룽이 내게 줬던 프로그램이었죠. 노트북을 경찰한테 압수당하면서 그 안에 저장된 프로그램도 빼앗겼지만요. 이 프로그램을 쓰면요, 피싱 문자를 보내서 상대방의 휴대폰을 좀비 휴대폰으로 만들어요. 에어비앤비 이벤트 피싱 문자를 만들어서 제가 님의 휴대폰을 마음대로 조종한 것처럼요."

나는 무심코 이벤트 링크를 클릭했던 그날을 떠올렸다. 그 이후로 운은 낱낱이 내 일상생활을 들여다보고 있었다.

"네가 나한테 원하는 게 뭐지? 어떻게 도와달라는 거지?"

운이 잠시 머뭇거렸다.

"그냥 내 말을 들어줘요."

"그렇게 한들 뭐가 달라지지?"

"나도 모르겠어요. 하지만 누군가 내 말을 들어줬으면 좋겠어요. 내 과거에 대해서. 그리고 지금의 나에 대해서. 내가 어떤 결정을 하든, 지금의 고민하는 나를 누군가 알아줬으면 좋겠어요."

그게 하필이면 왜 나인지 물어보지는 않았다.

나는 그 이유를 알았다. 나는 에어비앤비의 청소부가 전직 해커였다는 사실을 아는 유일한 낯선 사람이었다. 비밀을 들킨 사람은 비밀을 털고 싶어지기 마련이었다. 이미 비밀의 무게가 숨구멍을 틀어줄 만큼 옥죄고 있으니까.

세상에, 인질로 잡힌 휴대폰 번호를 구출하기 위해 허겁지겁 달려온 사람은 이 세상에 나밖에 없을 터였다. 게다가 그 휴대폰 번호를 구하기 위해 해커의 말을 들어줘야 할 상황이었다.

"좋아, 네 말을 들어줄 수 있어. 더구나 네 덕에 난 연인과 화해했거든."

"다 알아요, 게스트님. 게스트님 휴대폰 해킹해서 다 보고 있었으니까. 그런데 난 결혼까지 약속한 여자친구와 헤어질지도 몰라요."

운은 한숨을 내쉬었다.

"내가 다시 룽을 따라서 블랙 해커가 될지도 모르니까."

나는 이미 머리가 어질하긴 했지만 다시 보드카에 레드불을 섞었다.

　"그런데 그쪽, 언제부터 해커가 될 작정이었던 거야?"

　"피시방에서요."

　내가 언제냐고 물었는데 빈방 청소부 운은 어디서, 라고 응답했다.

9

운의 운명이 결정된 곳은 안산의 한 동네 피시방이었다. 부모의 사망 이후 형제도 없는 운은 세상에 오롯이 혼자였다. 다행히 운의 친척 중 막내고모가 운을 맡아주기로 했다. 막내고모와 고모부는 그들의 전재산을 탈탈 털어 경기도 안산에서 피시방을 운영했다.

운의 고모와 고모부는 운을 데리고 있을 뿐 특별히 애정을 쏟지는 않았다. 하지만 운은 식충이가 아니라 그들 부부에게 나름의 이용가치가 있었다. 그들은 피시방 아르바이트생으로 이제 막 중학교를 졸업한 녀석을 부려먹었다. 운이 고등학교에 갈 생각이 없다고 하자, 학교에 보내는 대신 피시방 카운터에 종일 세워두었던 것이다.

"고모가 그랬어요. 잘 생각했어, 검정고시 봐. 야, 그 원조 한류스타 보아도 검정고시로 고등학교 패스했어. 그리고 인생의 상식은 다 중학교에서 배우는 거니까. 찍히면 죽는다, 그건 중학교만 졸업해도 다 알잖니."

고모는 떼어먹은 알바비를 운의 장래를 위한 적금통장에 꼬박꼬박 입금했다고 주장했다. 운은 고모의 집에서 나올 때까지 그 통장을 본 적이 없었다. 알바비 통장을 달라고 하자 운의 고모는 더 나은 미래를 위해 투자했으니 나중에 돌려주겠다고 했다. 운은 친척에게 발목이 잡힌 피시방 노예였던 셈이다. 열여덟, 열아홉, 스무 살이 될 때까지 기껏해야 중학생 사촌동생과 똑같은 수준의 용돈 정도나 찔끔찔끔 받았다. 분명 최저임금과 비교해 턱도 없는 금액이었을 것이다.

"그렇다고 고모와 고모부를 원망하진 않았죠. 제가 고모하고 고모부 꼼수를 모를 만큼 멍청하지도 않고요. 하지만 전 원래 학교가 싫었어요. 뭐, 뜻하지 않게 고모하고 고모부가 날 천국으로 보낸 거죠. 초등학교 때부터 저는 피시방에 가면 막 뇌에서 랜선이 뻗어나가는 거 같았거든요."

손님이 없을 때면 운은 고모 몰래 컴퓨터 게임의 세계에 빠져들었다.

운의 고모와 고모부가 운영하는 피시방에는 세상의 모든 백수들이 드나드는 것 같았다. 그중에 몇몇 지긋한 백수들은 세상에 통달한 현자 같은 태도로 알바생인 운을 대했다.

"청년은 꿈이 뭔가?"

턱수염은 길고 민머리인 백수는 어느 날 운에게 그리 물었다.

"그런 거 없는데……."

"좋아하는 건?"

"리니지."

"잘하는 건?"

"리니지 포함, 게임 전부죠. 그렇다고 프로게이머 같은 거엔 관심 없고요. 그건 좀 시시하거든요."

무슨 생각이었는지는 모르겠지만 도인 풍의 백수는 운에게 해커에 대해 넌지시 알려주었다. 앞으로 컴퓨터 해킹을 자유자재로 할 줄 아는 자들이 세상을 지배한다는 말이었다. 더구나 이미 이 세상의 시스템은 가진 자들의 견고한 벽으로 이루어져 있다고 했다. 그 견고한 시스템을 붕괴시키는 21세기의 혁명적인 게릴라가 바로 해커라고 그는 설명했다.

"그때는 무슨 말인지 잘 알아듣지는 못했지만 여하튼 해커가 멋져 보였어요. 게다가 나도 그 무렵에는 게임이 시시했거든요. 게임 너머의 게임을 해보고 싶었어요. 진짜 세상을 상대로 벌이는 게임이라는 거. 그 턱수염만 기르고 민머리인 백수 아저씨 말을 듣고 나서 내 머릿속 랜선은 풀가동됐죠."

하지만 도인 풍의 백수는 해커는 아니었다. 심지어 해커가 되려면 무엇을 해야 하는지도 제대로 알지 못했다. 그는 세상에 대해 구체적으로 알지 못하고 그저 불만만 많은 현자였던 셈이다.

스무 살이 되기 몇 달 전에 운은 결국 혼자서 해커가 되는 방법을 찾아나갔다. 구글링으로 검색하고 링크를 따라 이동하면 해커를 꿈꾸는 이들이 모여 있는 커뮤니티들을 찾아낼 수 있었다. 그곳에서는 해커를 꿈꾸는 십대들이 모여 자기들끼리 프로그램도 만들고 해킹 프로그램에 대한 상식도 공유했다.

운은 해커 지망생들의 커뮤니티에 들락거리고 글을 올리면서 해킹의 기초를 배웠다. 컴퓨터 프로그래밍을 다루는 기초적인 방법부터 어떻게 기업의 암호망이 구축되는지에 대한 정보까지 그들은 공유했다.

운은 중졸 출신이었지만 해킹의 기초를 익히는 일은 수월했다고 털어놓았다. 엄마는 아프고, 아빠는 밖으로 돌 때, 집에 있던 운의 친구는 낡은 중고 컴퓨터였다. 오래된 컴퓨터는 부팅할 때마다 기침하듯 탈탈 소리를 냈다.

운은 그 컴퓨터를 할배컴이라고 불렀다.

"엄마 대신, 아빠 대신, 기침하는 할배컴이었어요, 나한테는."

운은 컴퓨터를 통해, 다시 컴퓨터의 언어를 이해하고, 그 언어를 통해 컴퓨터의 세상에 침투하는 법을 배워간 셈이었다.

그렇게 운은 해커의 세상에 슬그머니 발을 디뎌놓았다. 그러니까 이해찬 세대였던 우리들이 춤만 잘 추거나 한 과목만 잘

해도 대학에 갈 수 있다고 순진하게 믿었던 그때와 비슷한 나이에.

"그건 일종의 새로운 게임 같은 거였어요. 아무것도 아닌 고아인 나를 해커로 레벨업 시키는 게임. 그런데 다음 레벨업 단계는 더 어려웠어요. 왜냐하면 중국어를 익혀야 했으니까."

해커를 꿈꾸는 커뮤니티에서는 진짜 해커가 되려면 QQ메신저를 통해 중국 해커들과 접촉해야 한다는 말이 돌았다. 그곳에는 다방면에서 활동하는 해커들이 넘쳐나며 새로운 해킹 기술을 서로 주고받는다고 했다. 매일매일 기업의 보안기술은 업그레이드되고 그만큼 해커들도 새로운 침투 전략을 짜야만 했다.

운은 피시방 카운터 컴퓨터에 QQ메신저를 깔고 무조건 접속했다. 하지만 QQ메신저 아이디를 만드는 것부터 탁 막혔다. 중국어에 까막눈인 그는 아무것도 할 수 없었다. 심지어 그는 하늘 천 따 지 천자문도 모르는 수준이었다.

"고모한테 중국어 학원에 다니게 해달라고 했어?"

"고모가 그걸 들어줄 사람이 아니죠. 차라리 중국집 자장면 배달로 투잡을 뛰라고 할 사람이지. 하지만 모든 해결책이 안산의 피시방 안에 다 있더라고요."

늦은 밤 공장 일이 끝난 중국인 노동자들 중 아직 청년 티가 남은 애들은 안산의 피시방에 들르곤 했다. 그들은 그곳에서 게임을 하며 노동의 피로를 풀었다. 운은 고모 몰래 오사쯔나 새우깡, 사발면을 빼돌려 그들에게 서비스로 주면서 중국어를 배웠다. 고모는 시급을 주지 않는 대신 조카가 군것질을 얼마나 하건 신경쓰지 않았다고, 운이 말했다.

운은 중국인 노동자들의 중국어를 배웠고 은어와 욕설, 생생한 말들이 뒤섞인 중국어를 말하고 적을 수 있었다. 능숙하게는 아니고 욕쟁이 할머니 옆에서 자란 여섯 살짜리 꼬마가 하는 욕설 수준의 어휘력이었다. 그래도 QQ메신저의 미로에서 해커들이 모여 있는 방으로 접근할 수 있는 길을 찾을 수 있을 정도의 실력은 갖추게 되었다.

반년 동안 낑낑대던 운은 결국 중국인 해커들이 개설한 QQ메신저 대화방으로 잠입하는 데 성공했다. 하지만 그곳은 한글을 입력조차 할 수 없는 QQ메신저의 세계였다. 운은 꿀 먹은 벙어리가 되어 타이핑 한번 제대로 못하고 눈팅만 하다가 대화의 맥락을 놓치기 일쑤였다. 그러기를 여러 차례 그들이 나누는 대화의 맥락을 겨우 읽을 수 있었다. 그곳은 해커들끼리 각자 자신들의 뛰어난 해킹 능력을 자랑하는 무대였다.

"거기서도 사내놈들끼리 허세가 작렬했군."

"뭐, 그런 셈이죠. 그래도 쩨쩨하게 굴지는 않았어요. 왜냐하면 해커들은 비싼 가격에 거래되는 개인 DB들을 그냥 막 뿌리기도 하니까. 자기가 얼마나 해킹을 잘하는지 자랑하려고."

개인 DB는 각각의 기업체들이 보유하고 있는 소비자나 회원들의 개인정보였다. 이름, 주소, 연락처, 이메일주소가 DNA 정보처럼 하나로 죽 이어져 있는.

블랙 해커들의 수입원 중 하나는 기업의 보안망을 뚫고 개인 DB를 훔쳐서 다시 그 개인 DB를 원하는 사람에게 되파는 것이었다. 그렇기에 해커 본인이 보유한 개인 DB는 일종의 해커의 총탄과도 다름없었다. 그런데 그들은 그 총탄을 숨기는 대신 해커들끼리 공유하고 마구 뿌려댔다.

"처음으로 저도 메신저를 통해 개인 DB 수천 개를 한 번에 받아봤어요. 그걸 받는 순간 뭐랄까, 나도 해커로 인정받는 기분이 들었죠."

처음 운에게 개인 DB를 쏴준 통 큰 해커가 룽이었다.

룽은 대화방 안에서 우물쭈물하는 운에게 따로 메시지를 보내왔다. 한국 사람이냐는 중국어 질문이었다. 가끔 한국인 해커들이 이 방에 들어왔다가 머뭇대다가 나간다는 말도 전했다. 운은 해커는 아니고 해커지망생이라고 답장을 보냈다. 그 문장을 중국어로 입력하는 데도 한참이 걸렸다. 그 메시지를 읽은 룽이 다시 답장을 보냈다. 라인메신저 아이디를 알려달라는 중국어였다.

"아이디를 알려주는 순간 가슴이 터질 것 같았죠. 진짜 해커하고 일대일로 접속하는 순간이었으니까. 그런데 곧이어 중국어가 아니라 한국어로 문자가 날아왔죠. 방가방가, 라고."

운이 방가방가, 라고 답장을 보내자 곧이어 룽이 와우, 라고 메시지를 보내왔다. 운이 보기에 룽은 최소한 진짜 해커였다. 중국에서 접속이 금지된 라인메신저를 손쉽게 이용할 만큼의 기초 지식이 있는 놈이었으니까.

방가방가 소통 이후 운은 해커의 세계에 한 발 더 깊숙이 발을 디뎠다. 룽은 운에게 쉽게 개인 DB를 던져주었고 해킹 프로그램도 전송해주었다. 그 프로그램으로 실습하며 운의 해킹 실력은 나날이 늘어갔다. 해커와 해커지망생은 한글로 메시지 전송이 가능한 라인메신저를 통해 많은 대화를 나누었다.

해커의 세계였지만 두 사람이 해킹에 대해서만 대화를 나눈 것은 아니었다. 어느 순간 둘의 일상까지 메시지로 전해졌다. 룽은 운의 가장 가까운 가상세계의 친구였고 그와 이런저런 대화를 나누며 운은 십대를 마감했다.

그사이 룽이 운에 대해서 알게 된 것처럼 운도 룽의 삶에 대해서 어느 정도 알게 되었다. 중국 심양에 사는 조선족 룽도 운처럼 혼자였다. 하지만 운보다 세 살 많은 룽은 고아는 아니었다. 돈을 벌려고 한국으로 떠난 엄마와 아버지가 모두 어딘가로 사라졌을 따름이었다.

심양에서 룽을 돌봐준 것은 기침병을 오래 앓고 있는 친척 할머니였다. 운에게 쿨럭대는 할배컴이 있었다면 룽에게는 콜록대는 친척 할머니가 늘 옆에 있었다. 룽의 부모에 대한 소식을 룽과 할머니에게 전해주는 사람은 다른 조선족들이었다. 물론 좋은 뉴스는 아니었다. 룽의 어머니는 한국인 남자와 눈이 맞아 같이 살고 있다고 했다. 룽의 아버지는 노름에 빠졌다가 범죄조직의 행동대장으로 전락했다. 그 말은 모두 소문일 뿐 확인된 것은 아무것도 없었다. 최소한 룽의 친척 할머니는 그렇게 믿었다. 기침병으로 오래 앓던 할머니는 세상을 뜨며 룽에게 유언을 남겼다고 했다.

"미움을 갖지 마라. 부모도, 세상도, 너도. 미워하면 언젠가 세상의 독이 너를 덮친다."

친척 할머니의 유언이 아니더라도 룽은 부모도, 세상도, 스스로도 미워하지 않았다.

룽은 긍정적인 청년이었다.

"그 새끼는 인생이 다 와우, 였어요."

운이 그렇게 말했다.

어느덧 운과 친해진 룽은 그에게 심양으로 건너오라고 했다. 그곳으로 오면 스무 살의 운을 해커로 만들어주겠다고 자신했다.

"해커가 되면 뭐가 좋아?"

"눈을 감아, 헬리콥터를 탔다고 생각해. 눈을 떠. 지금 너는 헬리콥터를 타고 있어. 네가 앉아 있는 컴퓨터 책상 앞에서. 마음으로 공중부양, 공중부양! 그러고서 세상을 위에서 내려다볼 수 있어. 미친 듯이 프로그램을 흔들어대면 눈에 보이지 않는 미사일로 세상에 엿을 먹일 수도 있어. 그게 해커야!"

운이 우물쭈물하고 있을 때, 그를 부추긴 것도 룡이었다.

"건너와. 비행기만 타면 금방이야. 돈 없으면, 훔쳐서 날라날라 와. 넌 그래도 돼. 먼저 돈 떼먹은 왕빠단은 네 고모랑 고모부잖아."

운은 고모에게 통장을 달라고 했지만 거절당했다. 몰래 여권까지 만든 운은 결국 술주정뱅이 고모부가 거실 소파에서 잠든 사이에 몰래 지갑에서 체크카드를 훔쳤다. 그리고 피시방 컴퓨터로 다음날 아침에 출발하는 심양행 비행기표를 결제했다. 고모부의 카드 비밀번호를 입력하는 것은 어렵지 않았다. 비밀번호는 1818이었다. 고모부가 습관처럼 그 욕설을 뱉을 때마다 고모가 빈정대며 어떻게 체크카드 비밀번호까지 욕설이냐고 했으니까. 그리고 손님이 모두 빠진 새벽 여섯 시 슬그머니 피시방을 빠져나왔다. 피시방은 두 시간 동안 잠가두었다. 여덟 시 고모가 교대를 위해 출근하면 그제야 조카가 가출했다는 사실을 깨달을 터였다.

인천공항에 도착하고 난 후에도 쿵쾅대는 운의 가슴은 진정되지 않았다. 고모와 고모부가 뒤쫓아와 인천공항에서 그의 귀를 잡고 질질 끌고 갈 것 같았다. 하지만 인천공항에서는 아무 일도 일어나지 않았다. 심지어 인천공항 롯데리아에서 햄버거를 사 먹을 때도 온전히 카드결제가 가능했다. 고모부는 아직 카드를 잃어버린 사실조차 모르는 눈치였다.

햄버거를 재빠르게 먹어치운 운은 재빠르게 고모의 통장에서 현금을 인출했다. 고모부의 통장에는 더럽게 돈이 없었다. 비행기표를 결제하고 남은 잔액은 겨우 십칠만 원이었다.

"젠장, 십팔만 원도 안 되네."

운은 그 돈을 들고 심양으로 갔다. 딱 한 사람, 조선족 해커이자 십대의 마지막을 함께 보낸 가상세계의 친구 룽만을 믿고.

그 전에 피시방에서 만나 삼 년 동안 사귄 동갑내기 여자친구에게도 전화를 걸었다.

"아니, 용돈만 받으면서 어떻게 연애를 한 거야?"

"뭐, 그 돈으로도 할 건 다 했어요. 꽃도 사고, 콘돔도 사고, 영화도 볼 수 있고."

여자친구는 운을 기다리겠다고 했다. 운은 여자친구에게 처음으로 거짓말을 했다. 아니, 완전히 거짓말은 아니었다. 중국에 컴퓨터 관련 기술을 배우러 간다고 둘러댔다.

"심양에서 룽을 만나기는 했어?"

내가 묻자 빈방 청소부 운은 고개를 끄덕였다.

"네, 룡은요, 뉴발란스 야구모자를 푹 눌러쓴 멧돼지처럼 생겼어요. 겨드랑이에서는 사흘 묵은 롯데리아 불고기버거 냄새가 나더라고요."

"보자마자 녀석이 와우, 이랬겠네."

운이 피식 웃었다.

"맞아요, 그렇게 룡하고 반년 정도를 살았어요. 해킹에 대해 배웠고요. 처음에는 내가 해킹도사가 된 줄 알았죠. 하지만 룡은 항상 나를 무시했죠."

운은 룡의 말투를 따라했다.

"넌 바보야. 능력 안 돼. 해커는 컴퓨터하고 똑같은 뇌구조를 가져야 성공하지. 넌 그게 안 돼. 그니까 내 밑에 죽은 듯 자빠져 있으라. 그래야 그나마 너 와우, 한다."

룡의 말이 틀린 건 아니었다. 룡은 귀신같이 손이 빨랐다. 그리고 컴퓨터만큼 재빠르게 프로그래밍을 해석하고 교묘하게 재배치했다. 운은 컴퓨터를 살아 있는 존재처럼 느꼈다. 하지만 룡은 아예 컴퓨터로 태어난 인간처럼 느껴질 정도였다.

"가끔 녀석의 골을 깨부수면, 그 안에 내장하드가 있지 않을까 싶었어요. 서너 개 해킹 작업을 동시에 해치울 정도였다고요."

운이 심양에서 해킹만 배운 것은 아니었다. 해킹을 배우는 것보다 가상세계의 친구에서 스승님이 된 룡의 뒤치다꺼리를 하는 일이 더 많았다. 룽의 옷을 빨고, 룽의 방 청소를 하고, 가끔은 멧돼지 같은 룽을 대신해 클럽에서 함께 놀 여자애들을 꼬드겼다.

룽을 보며 해커로 살아가는 삶의 밝음과 어두움을 알았다. 룽의 통장에는 언제나 돈이 두둑했다. 하지만 그가 하는 일은 모두 불법이었다. 그는 세계 곳곳의 기업을 해킹해 그 정보를 개인 DB화 해 팔았다. 경쟁기업의 부탁으로 다른 기업의 웹사이트를 디도스 공격해 엉망으로 만들었다. 심심풀이로 피싱문자를 보내 사람들의 폰에 악성코드를 심어 좀비폰으로 만들어 마음대로 조종하며 낄낄거렸다.

침대에서 룽이 코를 골며 자고 있는 밤 운은 바닥에 침낭을 깔고 누워 밤새 몸을 뒤척였다. 심양은 운에게 춥고 외로운 도시였다. 잠시 눈을 붙였다 새벽에 일어나 몸을 오들오들 떨면서 내가 이러려고 심양까지 왔나 싶기도 했다.

심양에서 룽과 함께 산 지 반년쯤 지나 얼굴이 푸석푸석한 조선족 여인이 찾아왔다. 룽은 물끄러미 그녀를 바라보다 말했다.
"엄마?"
룽의 엄마는 그날 룽을 붙잡고 눈물을 쏟았다.
그녀는 한국인 사기꾼에게 속아 빚만 지는 바람에 그 빚을 갚느라 뼈가 부서지도록 일했다고 했다. 조선족 여인이 얼마나

서럽게 울던지 물끄러미 침대 모서리에 앉아 있던 운의 두 눈이 시큰해질 지경이었다.

"그때 처음으로 룽이 무서운 놈으로 느껴졌어요. 자기 엄마가 한국에서 죽도록 고생했잖아요. 그런데 그 앞에서 내내 하품을 하더라고요."

"어이없네. 조련된 소시오패스는 거기 있었군."

"그게 무슨 말이죠?"

"아니, 뭐 그런 게 있어."

그날 운은 룽을 떠날 생각을 했다. 한번 마음을 먹자 몸을 파고드는 심양의 한기가 더욱 매섭게 여겨졌다. 봄이었지만 심양의 날씨는 여전히 매서웠다. 며칠 후 침낭 안에서 운은 몸을 웅크리고서 나지막하게 말했다.

"나 이제는 한국으로 돌아가려고. 이제는 혼자 할 수 있을 거 같아서. 심양은 또 너무 춥고."

어둠 속에서 룽은 아무 말도 없었다.

"잠깐 올라오라."

운은 몸을 일으켜서 침대 위로 올라갔다. 침대 위에 앉은 룽이 물끄러미 운을 바라보았다. 그러더니 두 손으로 있는 힘껏 운의 목을 졸랐다. 바닥에 자빠진 운은 두 팔을 버둥거리며 숨을 헉헉거렸다. 어둠 속에서 야비한 룽의 미소가 보였다. 그러더니 룽은 손을 풀고 침대에 벌렁 드러누웠다. 운은 일어나서

숨을 헐떡거렸다. 맘만 먹으면 발로 룽의 불룩한 똥배를 짓밟을 수도 있었다. 하지만 운은 그러지 못했다. 그저 큰소리로 욕을 지껄여댔다. 그 모습을 보고 룽이 낄낄대고 웃었다.

"떠난다고? 좋아, 하지만 난 늘 네 뒤에 있다. 와우, 내가 그렇게 길들였지. 찐빵 같은 룽의 악성코드를 찐따 같은 너의 머릿속에 깊게 심어놓았다."

운은 룽이 하는 말이 그냥 개 같은 소리라고만 생각했다.

그래도 룽을 알게 된 건 다행이라고 운은 생각했다. 그 덕에 남들보다 빨리 해킹의 ABC에 대해 배웠으니까. 어차피 D나 E는 운에게 너무 어려운 세계였다. ABC만 알아도 한국에서 빼어난 해커가 될 자신이 있었다. 룽의 말에 따르면 중국으로 유학 온 해커는 한국에서 운이 처음일 거라고 했다.

룽은 어쩌면 그래도 운의 고모보다는 나은 사람인지도 몰랐다. 다음날 일주일 후 인천공항으로 떠나는 비행기표를 운에게 건네줬다 하니.

"내 돈으로 산 거 아니고, 내가 해킹한 좀비폰으로 결제했어."

운은 인천공항으로 가는 비행기표를 보며 한국에 있는 그리운 것들을 떠올렸다. 생각보다 많지 않았다. 매번 화상채팅으로 만나는 여자친구의 진짜 얼굴을 보고 싶었다. 심양의 매서운 냉기가 아닌 한국의 따스한 햇볕 아래 잠시나마 앉아 있고 싶었다. 그 정도 생각하니 한국에 더 이상 그리울 것이 없었다. 운은 그게 조금 슬프게 느껴졌다.

눈물이 흐를 정도는 아니었지만, 이라고 운이 내게 말했다.

한편 룽이 운을 순순히 한국으로 보내주려 한 건 다 이유가 있었다.

"큰 건을 하나 잡았거든."

룽은 한국의 한 사업가에게 큰 일감을 받았다고 했다. 신생 주식투자 자문회사 대표인데 싱싱한 주식투자자들의 개인 DB가 필요하다고 했다. 이쪽 사람들끼리 은어로 실시간 DB가 필요하다는 거였다. 룽은 본인이 보유한 개인 DB를 보내주었지만 대표는 그보다는 한국의 대표적인 투자증권회사의 사이트 해킹을 의뢰했다. 성공하면 한몫 단단히 주겠다는 메시지도 보냈다.

"이 일만 함께 하자고. 너도 이론보다 실습이 필요해. 한국에 가서 대구에 있는 박 사장을 만나. 그 사람이 나한테 의뢰했다. 큰 거 두 장."

운이 인천공항으로 돌아온 날은 한겨울이었다. 공항 문을 나서자 미세먼지 그득한 날씨에 숨이 턱 막혔다. 그게 고국이 운에게 다시 건넨 첫인사였다.

운은 돌아오자마자 여자친구를 만났다. 여자친구는 얼마 전부터 편의점에서 새 알바를 시작했다. 운은 자기 여자친구의 이름을 은하라고 말했다.

운과 은하는 서울 강남역 인근에서 만났다. 운은 은하가 예약한 방으로 갔다. 그곳은 강남역 인근의 오피스텔 탑층이었다. 운은 그때 에어비앤비의 존재를 처음 알았다. 밤이 깊자 오피스텔 창으로 강남의 고층빌딩들이 쏘아대는 불빛이 아름다웠다. 두 사람은 십만 원으로 서울의 뷰를 딱 하룻밤 소유할 수 있었다. 운에 따르면 좋았고, 좋았고, 또 좋았지만, 여자친구는 좋은 이야기만 하지는 않았다고 했다.

"너는 도대체 뭐야? 무슨 일 하는 건데?"

"지금은 말 못하는데, 어쨌든 곧 큰 부자가 될 거야."

운의 은하는 투레질을 했다. 자그마한 체격의 여자아이는 화가 나면 작은 두 주먹을 붉어지도록 꽉 움켜쥐었다.

"그러지 마, 우리 아빠 맨날 그 말 했는데 결국 아무것도 못 했어. 나는 네가 그럴까봐 불안해."

"불안해하지 마, 나만 믿으라니까."

"어떻게 믿어, 아무것도 말을 안 하는데."

운은 한숨을 내쉬었다.

"나 사랑하지?"

은하는 그때 그렁그렁한 눈으로 고개를 끄덕였다. 여자친구가 울음을 참는 것처럼 입술을 떨었고 자그마한 턱의 흔들림과 치아교정을 제때 하지 못해 비뚤어진 치아가 운의 눈에 모두 들어왔다.

운은 돈을 벌면 여자친구의 치아교정을 해주고 싶었다. 언젠가 은하가 자기가 치아교정을 못해서 웃음도 참고 울음도 참는다고 했던 말이 떠올라서였다.

"그럼, 그냥 기다리면 돼."

그렇게 말하고 난 뒤 운은 부끄러워졌다고 했다. 사실 운도 인생이란 게 무서운 놈이라는 걸 조금씩 깨달아가고 있었다. 진짜 세상은 컴퓨터 속 세상처럼 암호를 푼다고 단숨에 해결되는 것이 아니라는 걸 조금은 알 것 같았다.

"세상이 피시방 같은 천국은 아니더라고요."

운이 생각하기에 세상은 이런 식이었다.

성공하고 싶어? 그럼 나의 개가 되어봐. 성공하고 싶어? 그럼, 내가 말한 씹새끼를 가서 물어. 성공하고 싶어? 그럼 내가 다시 부를 때까지 얌전히 똥개처럼 기다려. 하지만 그렇게 달려들어도 성공은 쉽지 않아 보였다. 하지만 그런 구질구질한 생각들을 오랜만에 만난 여자친구에게 털어놓고 싶지 않았다.

운은 여전히 그렁그렁한 눈으로 그를 바라보는 은하의 머리를 쓰다듬었다.

"너는 왜 나를 사랑해? 내가 키가 커서? 게임을 잘해서?"

"아니, 그건 네가 좋아지기 시작했던 이유지 사랑하는 이유는 아냐. 운아, 너를 사랑해. 왜냐하면 내가 너를 사랑하는 것 빼고 내 세상에는 즐거운 일이 하나도 없으니까. 편의점에서는 푼돈을 벌고, 집에는 햇볕이 들지 않고, 가족들은 모두 서로를 원망해. 그러니까 너를 사랑하는 것 빼고 내 세상은 슬프고 우울해. 그러니까 너마저도 나를 슬프게 하면 안 돼, 알겠지?"

그러면서 체구가 작은 운의 여자친구는 그에게 안겼다고 했다.

"다음날, 그 다음날까지 하늘에서 강남을 내려다보고 싶었지만 그럴 수는 없었죠. 여자친구는 편의점 알바 교대 시간이 있고 저는 바로 대구로 내려가서 박 사장을 만나야 했어요. 십만 원짜리 하룻밤을 서둘러 던져두고 후다닥 밖으로 나가야 했어요. 대구로 가서 박 사장을 만났는데, 와, 진짜 개기름 냄새에 지독한 향수 냄새가 섞인 거대한 덩치의 아저씨가 있더라고요. 손에는 금테 두른 시뻘건 루비 알반지를 끼고 있었어요. 나중에 같이 일할 때 마음에 안 들면 그 알반지로 제 머리를 쥐어박았다고요."

운은 롱에게 메신저로 작전사항을 받아 박 사장과 함께 해킹 계획을 짰다. 박 사장이 해킹하려는 투자회사는 대한민국에서 탑이었다. 당연히 보안도 철저하고 복잡했다. 롱은 혼자 힘으로는 힘들고 해킹팀을 조직해 다각도로 해킹을 시도해야 한다고 말했다.

박 사장은 운을 꼬드겨 자기 회사에 컴퓨터 담당자가 나갔으니 대신 업무를 좀 봐달라고 했다. 그러면서 계약금 명목으로 바로 십만 원짜리 수표 삼십 장을 그 자리에서 건넸다. 마침 운도 당분간 한국에 있을 예정이어서 박 사장의 일을 도왔다. 가벼운 컴퓨터 업무라고 했던 일이 알고 보니 일당백이었다. 눈곱만 한 사무실에 직원이 없어 운은 모든 잡일을 다 맡았다.

무작위로 투자를 유도하는 전화를 걸고, 박 사장의 계좌를 관리하는 업무도 맡고, 심지어 해킹까지 했다. 해킹까지 한 것은 박 사장의 개인적인 의뢰였다. 그에 대한 수당은 나중에 따로 운에게만 챙겨주겠다는 말까지 했다. 그가 알려준 사이트들은 규모가 작은 사설 투자자문회사들이어서 보안이 허술했다.

운은 해볼 만하다고 생각했다. 더구나 룽에게 배운 해킹을 실습해볼 만한 좋은 기회였다. 운은 한 사설 투자자문회사 사이트는 SQL인젝션 수법으로 해킹했다. ID, 패스워드 창에 SQL 명령어를 입력하면 그 사이트에 침투해 서버를 제어할수 있었다. 운이 감염된 서버에 공격명령어를 입력하자 투자자문회사 사이트는 알아서 개인정보를 운에게 착착 보내주기 시작했다.

"금고를 턴 것처럼 짜릿했어요."

운이 말했다.

또 다른 사설 투자자문회사 사이트는 악성코드를 이용해 해킹했다.

먼저 그 사이트의 회원을 알아내 사이트의 운영자인 것처럼 속이고서 이메일을 보냈다. 네트워크에 접속해 주식 정보를 알 수 있는 홈트레이딩시스템 프로그램에 오류가 났으니 프로그램파일을 보내달라는 내용이었다. 사이트 회원에게 홈트레이딩시스템 프로그램을 받은 운은 회원 계정으로 접속해서 고객센터 등의 기능으로 진짜 운영자에게 악성코드가 포함된 파일을 보냈다. 운영자가 그 파일을 읽고 사이트가 악성코드에 감염되는 순간 운영자의 컴퓨터는 좀비 컴퓨터로 변했다. 운은 좀비 컴퓨터로 변한 운영자 컴퓨터를 원격조종해 그 안에 저장된 개인정보를 마음껏 빼냈다.

운은 해킹에 성공할 때마다 좋아 죽을 것만 같았다. 이렇게 몇 번만 반복하면 한국 최고의 해커가 될 것 같았다. 룽의 도움 따위는 더 이상 필요 없을 것 같았다. 황금빛 미래가 확실하게 보장되지 않았지만, 그때 운은 그 찬란한 순간이 멀지 않은 것 '같았다'고 믿었다.

하지만 박 사장은 운이 해킹에 열중하는 것을 보고 타박했다. 루비 알반지로 그의 머리를 쥐어박기도 했다.

"뭐라카노, 너한테 들인 돈이 얼마인지나 아나, 이 새끼야?"

"저한테 돈 주셨어요? 처음에 삼백만 원 계약금으로 준 게 다잖아요."

"몇 달 안에 곧 줄 끼라고 이 새끼야. 고마 쎄리마 다 때리 빻

아뿔라. 서류도 정리하고, 처음 시킨 대로 고객들한테 전화해서 회원가입도 하라고 텔레마케팅도 좀 하고! 맨날 앉아서 컴퓨터만 보고 있음 뭐가 나오나? 해커라면서 왜 매번 컴퓨터만 보고 자빠졌노!"

"사장님, 진짜 답답하시네. 저 컴퓨터로 일하는 해커거든요. 제가 그럼 컴퓨터를 보지 뭘 해야 해요?"

"마, 멀티플레이어 모르나! 좀 그런 정신을 가지고 단디해라 이 새끼야."

운이 대들 때마다 박 사장은 루비반지로 운의 정수리를 내리찍었다. 하지만 운은 참았다. 몇 달만 참으면 은하의 치아교정 비용 정도는 마련할 수 있을 것 같았다.

그런데 룽이 심양에서 해킹팀을 꾸리기도 전에 한국에서 일이 터졌다. 바로 박 사장이 일 년 전 유사 가상화폐 사기를 친 것 때문에 사기혐의로 입건되고 그의 사무실이 압수수색을 당한 것이었다.

그 바람에 박 사장의 사무실 컴퓨터까지 모두 빼앗겨 개인 DB를 훔친 일이 모두 드러날 위험에 빠졌다. 회사 컴퓨터 안에는 운이 작업한 해킹 툴이나 악성코드 프로그램들이 그대로 남아 있었다.

운이 상황을 알리자 룽에게서 메시지가 날아왔다. 자칫하면 운까지 엮여 체포될 위험이 있다는 것이었다. 그나마 다행인 것은 운이 해킹해 빼낸 개인 DB는 회사 컴퓨터 하드가 아닌 운이 갖고 있던 외장하드에 담아놓은 것이었다.

어쩔 수 없이 운은 서둘러 심양으로 돌아갔다. 돌아가기 전 은하에게 전화를 걸어 말했다.

딱 한 번만 더 믿어달라고. 심양으로 가는 비행기표를 구할 수 없어 운은 김포공항 근처의 에어비앤비에서 급하게 하루 묵을 수밖에 없었다. 말이 오피스텔이지 고시원보다 조금 큰 원룸에 불과했다. 또 욕실 타일에는 곰팡이가 검게 피어 있고, 얼룩 남은 변기에서 악취가 풍겼다. 그래도 운은 그 방에서의 하룻밤이 좋았다. 세상 어디에도 없는 주인 없는 방에 잠시나마 숨은 기분이었다.

"심양으로 돌아갔지만 잠잠해지면 다시 한국으로 돌아올 생각이었어요. 대신 심양에서 한몫 좀 잡으려고 했죠. 여자친구한테 성공한 모습을 보여주고 싶었거든요."

운은 한국 불법 정보 공유사이트 게시판에 본인이 해킹한 개인정보를 판매한다는 글을 올렸다. 룽이 준 개인 DB나, QQ메신저를 통해 다른 중국인 해커들에게 받은 개인정보까지 꽤 많은 양이 올라와 있었다.

게시판에 개인 DB 판매글을 올렸지만 생각보다 입질이 많지 않았다. 그러다 며칠 후 운의 게시글에 비밀댓글이 달렸다. 한국인 사업가인데 개인정보를 더 사고 싶다면서 스카이프 메신저 아이디를 남겼다.

진지하게 대화를 나눠보자는 글이었다.

"그 사업가는 사십대 강남 타워팰리스에 거주하는 사업가였어요. 박 사장 같은 꼰대하고는 다르게 말도 잘 통했어요. 가장 핫한 DB를 말하는 실시간 DB 같은 은어도 잘 알고 있더라니까요."

강남의 사업가인 남자는 자신을 황 사장이라고 소개했다. 그는 한국 IT 벤처기업 1세대여서 어느 정도 사이버 세계에 대해 잘 아는 남자였다. 초창기 DAUM에서 이재웅과 함께 일하다가, 포털보다는 금융 쪽에 더 관심이 가 유학을 떠났었다고 말했다. 이후 한국으로 들어온 그는 투자업체를 운영하며 부동산과 주식투자로 돈을 불리면서 나름 꽤 호화로운 부를 쌓아왔다고 자랑했다.

"사업가가 메신저를 통해 자기 아파트 사진을 보내주기도 했어요. 와인바가 있고, 뷰가 좋은 끝내주는 아파트였죠. 자기 와이프하고 애들 자랑도 엄청 했어요. 뭔가 제가 꿈꾸던 삶을 사는 사람이 그곳에 있는 것 같았죠. 돈 많고, 아버지를 믿는 가족들이 있고, 그래서 당당하고."

그는 재력가지만 흉물처럼 보이지 않으려고 운동도 열심히 한다고 했다. 기껏 명품을 입었는데 배가 나와 조폭처럼 보이고 싶지 않다고 했다. 아무리 돈을 많이 벌어도 배에 기름이 끼면 그것만큼 쪽팔린 게 없다고도 했다. 그만큼 자기 관리에 철저한 남자가 황 사장이었다.

황 사장은 운이 해커라고 말을 하자 그가 할 수 있는 것을 보여줄 수 있느냐고 말했다. 남자가 한 투자 사이트를 지정해 해킹 시연을 해달라고 하자, 운은 몇 시간 만에 해킹 가능한 툴을 돌리는 방법들을 캡처화면과 함께 황 사장에게 보냈다.

황 사장은 운의 실력에 탄복해서 함께 일을 해보자고 했다. 지금 투자자문 사이트를 크게 하나 론칭하려는데 전문 해커를 끼고 일하고 싶다고 넌지시 말했다.

운은 설렜지만 박 사장에게 덴 것이 있어 그때의 경험들을 메신저로 보냈다. 그러자 황 사장이 심플하게 메시지를 보냈다.

그 새끼는 그냥 황금 똥, 나는 리얼 골드 클래스.

무조건 호통만 치던 박 사장과 달리 황 사장은 운의 말을 잘 들어주었다. 고아였던 운에게 마치 큰형이 생긴 것처럼 은근히

친근했다. 대화를 나눌수록 운은 이 사람 밑에서 일하면 괜찮을 것 같았다.

　운은 결국 황 사장과 일하기로 결심했다. 심양 서탑에 있는 식당에서 조각피자 모양으로 잘려 나온 김치부침개를 안주 삼아 소주를 마시면서 운은 자신의 결정을 룽에게 털어놓았다.

　"이번에도 비행기표를 사준다. 하지만 너 그냥 나한테 자박자박 기어들어온다. 너는 그냥 내 조수로 태어난 운명이야."

　"웃기지 마, 난 이번에 한국 가서 잘될 거라고. 그 사업가가 진짜 한국에서 잘나가는 사람이라고."

　"한국인 믿지 마, 다 사기꾼이야."

　"너는 한국인 아니야?"

　룽이 피식 웃었다.

　"나, 나는 한국인이지. 하지만 와우, 같은 핏줄이 무슨 소용? 다 속고 속이는 세상에서. 김치족 핏줄 갖다 어따 쓰지? 김장할 때 쓰나?"

　그러면서 룽은 물끄러미 운의 눈을 바라보았다.

　"게다가 넌 이미 틀린 새끼, 개새끼, 진짜 단맛을 본 새끼거든."

　"단맛, 웃기지 마셔. 씨발 쓴맛만 봤거든. 우리 고모한테, 박사장 새끼한테, 이 세상한테. 그리고 너한테! 이제 한국으로 가서 진짜 단맛 좀 볼 거야."

운은 반쯤 남은 소주를 단숨에 비웠다. 룡이 그 빈 잔을 채워
주었다.

"바보 같은 새끼, 네가 나 때문에 얼마나 많은 단맛을 봤는지
아나? 공돈의 단맛, 남의 것을 빼앗는 단맛, 우린 이미 해커야.
그건 와우, 이미 이 세상에 숨어 사는 지배자, 바퀴벌레가 됐다
는 거지. 인간은 벌레가 될 수 있어. 하지만 벌레가 인간으로 돌
아갈 수 있을까? 그건 힘들지. 이미 더럽게 돈을 버는 더듬이가
네 뇌에서 자라났어. 내가 너를 그렇게 만들었어. 그러니 너를
버리긴 아깝지."

룡은 자신의 빈 잔에 소주를 따라 단숨에 들이켰다.

"그래도 안 잡는다. 그게 21세기의 바퀴벌레인 해커들의 철
칙이지. 바퀴벌레는 개미새끼처럼 집단생활을 안 해. 우린 때로
몰려다니지만 대부분 고립된 놈들이지. 아마 너도 그렇게 될
거야."

운은 룡에게 소주병을 던지고 싶었다. 하지만 그러는 대신
룡의 잔에 술을 채웠다.

"난 벌레는 안 될 거야. 내 여자친구가 벌레와 살고 싶어 하
지는 않을 테니까. ……그리고 비행기표는 내가 번 돈으로 살
거야."

룡이 운을 보다가 나직하게 말했다.

"와우…… 왕빠단."

한국으로 돌아가기 전날 운은 심양의 미용실에서 머리카락을 오렌지색으로 염색했다. 심양의 골방에 들어앉아 있다 보니 촌티가 줄줄 흘렀다. 무언가 영화에 나오는 잘나가는 해커처럼 보이고 싶었다. 한때 오렌지족이었던 리얼 골드 클래스에게.

운이 다시 한국으로 돌아온 날은 쾌청했다. 김포공항을 나오면서 본 하늘은 초여름의 날씨에 어울리게 싱그러웠다. 그는 공항버스를 타고 바로 강남으로 갔다. 그곳에서 골드 클래스 사업가 황과 만나기로 약속이 잡혀 있었다. 운은 황 사장이 알려준 휴대폰 번호로 연락해 본인의 인상착의를 말했다. 키가 크고, 얼굴에 주근깨가 좀 있고, 결정적으로 오렌지색 머리라고.

황 사장은 약속장소인 강남의 한 카페를 운에게 알려주었다.

거기까지 듣고 나서, 나는 운에게 말했다.

"그거, 완전 로맨스스캠에 속은 거네."

10

　나는 다시 한국으로 돌아온 운에게 무슨 일이 일어났던 것
인지 때려 맞힐 수 있었다. 운이 한국에서 만난 황 사장이 실은
운을 쫓아다니는 그 형사였다.

　"깜빡 속은 거야?"

　"실은 처음부터 좀 이상했어요. 몸 관리 잘한 부유한 남자가
있어야 하는데 약속장소에 똥배 나온 중년 아저씨가 나를 보고
손을 들더라고요. 제가 상상했던 골드 클래스 사업가 이미지가
아니었어요."

　운은 사람들이 사이버 세계에서 얼마나 본인을 포장하길 즐
기는 줄 알기에 우선 넘어갔다. 더구나 그 중년 아저씨는 친절
하게 그의 말을 들어주었다. 그가 노트북을 켜고 보여주는 해

킹 시연을 꼼꼼히 보면서 감탄하기까지 했다.

"무슨 〈쇼 미 더 해킹〉 출연자가 된 기분이었어요."

더구나 황 사장은 비록 관리 잘한 이상적인 모습은 아니었어도 힘들 때마다 운이 꿈꾸던 푸근한 아빠 같았다. 하지만 그 편안한 분위기에 익숙해진 것도 잠시 운은 주변이 좀 이상하다는 걸 깨달았다.

"제가 보유한 개인정보까지 보여주고 주위를 살펴보니 뭔가 분위기가 이상했어요. 카페 안의 손님들이 모두 남자였어요. 그것도 인상이 험악하고 덩치 큰 곰 같은 남자들끼리 서로 마주 앉아 미간을 찌푸리고 커피를 마시고 있더라고요. 사채업자들이 카페를 점령했나, 이런 생각도 들고. 그런데 어느 순간 그 남자들이 일어나서 우르르, 제 쪽으로 오더라고요."

방바닥에 주저앉은 운은 팔목을 붙여 두 손을 들었다.

"처음 두 손에 수갑이 채워지는 순간 깨달았어요. 은근히 내가 이 순간을 기다렸다는 걸요. 억울하기보다 누군가 나를 잡아주기를 바랐던 것 같아요."

운은 잠시 아무 말도 하지 않았다. 그는 바닥에 벌렁 눕더니 눈을 감았다. 나는 그가 잠든 것은 아닌가, 그렇다면 내 번호는 어쩌나, 더구나 내일 출근하면 장난 아니게 졸릴 텐데, 라는 생각까지 들었다.

그때 운이 다시 눈을 떴다.

"그게 착각이었어요."

"해커로 큰돈을 번다는 게?"

"아니요, 감방 안에 있을 때 정말 진실하게 살자고 다짐했죠. 그런데 지금은 그런 생각이 들어요. 진실하게 산다는 게 나한테 어떤 의미가 있는지 모르겠어요. 내가 이 세상에 보여줄 수 있는 건 해킹밖에 없는데. 그게 나한테 진실한 것 아닌가? 그제야 룽이 한 말들이 생각났어요. 바퀴벌레에서 다시 인간으로 돌아가기는 쉽지 않다는 거. 내 머리에는 이미 더듬이가 자라났어요. 그리고 실은 룽이 아니라 그 더듬이가 나를 두렵게 하는 건지도 모르죠."

나는 운에게 무슨 말을 해주어야 할지 알 수 없었다.

이 순간을 모면하고 싶어서가 아니었다. 누군가의 인생에 끼어들 만큼 내가 대단한 존재가 아니어서였다. 나는 그냥 그러니까, 이 빈방에 잠시 들어왔다 나가는 게스트에 불과했다. 나는 서재의 벽에 붙어 있는 짧은 메모를 적어놓은 포스트잇 한 장과 다름없는 존재였다. 그리고 빈방 청소부 운은 어디로 흘러갈지 모르는 바람에 떨어진 나뭇잎 하나였다. 그러니 내가 그를 위로해줄 수도, 그에게 도움을 줄 수도 없었다.

"형사 아저씨한테 가보는 건 어때?"

빈방 청소부는 손을 내저었다.

"됐거든요, 쪽팔리게 무슨."

운은 옆에 있는 노트북을 탁 닫았다.

"원래는 오늘 밤 심양으로 가는 비행기표를 결제하려 했어요. 물론 게스트님 좀비폰으로는 아니고, 제 휴대폰으로……. 그런데 안 했죠. 이상하게 지난 며칠 동안 게스트님 휴대폰을 훔쳐보고 있으니까 그러기가 싫더라고요. 대신 게스트님 여기 오시기 전에 휴대폰으로 사람들한테 문자 보냈죠. 그냥 평범한 사람이 알고 지내는 평범한 사람들에게."

그러고서 빈방 청소부는 눈을 감았다.

"그게 오늘 제가 하고 싶던 이야기예요. 와, 후련하다."

빈방 청소부는 곧바로 드러눕더니 눈을 감고 잠시 후에 코를 골았다. LTE급의 속도로.

"아니, 잠깐 내 번호는?"

나는 잠든 그를 깨워 1층 주인집 가게에서 소주라도 한 잔 더 하자고 말할까 하다 그만두었다. 더 취한들 그에게 조언해 줄 특별한 말이 생각나지 않을 게 뻔했다. 그리고 녀석이 잠들었으니 내 전화번호는 우선 안전하기도 할 것이고. 나는 서재의 불을 끄고 침실로 들어갔다. 나는 침대 옆 서랍장에 휴대폰을 던져두고 눈을 감았다.

희수와 처음 이 집에 들어왔던 밤이 생각났다. 그때 새벽녘에 나만 먼저 잠들었고 희수는 서재에서 『그리스인 조르바』를 읽겠다고 했다. 사실 나는 『그리스인 조르바』를 읽지 않았다.

다만 그 소설의 한 장면만은 희수에게 들어 알고 있었다.

소설의 화자와 그리스인 조르바가 함께 춤을 춘다. 왜 춤을
추었는지는 기억나지 않지만, 희수가 그 이유는 말해주지 않은
것도 같지만, 어쨌든 춤을 추기는 했다. 두 사람이 마주 보고서.
나는 눈을 감았다. 피곤해서인지 침대와 함께 잠시 이 세상
이 함께 빙글빙글 도는 것 같았다.

내가 눈을 떴을 때는 정오가 막 지난 때였다. 깜짝 놀라 휴
대폰을 보니 이미 전화가 네 통에 문자까지 여럿이었다. 직장
상사가 보낸 메시지였다. 휴대폰을 진동으로 해놓아서 전화가
온 지 몰랐던 모양이었다. 희수가 걸었던 전화와 메시지도 있
었다.
나는 직장상사에게 답장으로 보낸 내 메시지를 발견했다.

하루쯤 놀겠습니다. 인생, 그래야 올레 아닙니까?

희수에게 보낸 답장도 발견했다.

해결했다.

"이건, 뭔데? 느와르 영화 주인공 흉내를 내고 앉았네."

그때 침실문이 열리고 청소기를 든 운이 나타났다.
"도대체 왜 내 휴대폰으로 마음대로 문자를 보내는 건데?"
"뭐, 주무시고 계셔서요."
그러고서 운은 청소기를 돌렸다. 그러다 바로 다시 껐다.
"한 시간 전에 좀비에서 풀어줬어요."
"아니, 어떻게?"
"그냥 게스트님 휴대폰 초기화시키면 끝나요. 생각보다 간단
해요. 그리고 오후 세 시에 새 게스트 들어오거든요. 그 전에 나
가시면 되고요."
나는 침대에 물끄러미 앉아서 말했다.
"어디서 오는 게스트야?"
운은 청소기를 손에 쥔 채 미간을 찌푸렸다.
"그리스가 얼마나 멀어요?"
"아마, 엄청나게? 비행기로 열 시간쯤?"
"그리스에서 오는 커플이에요. 일주일 있을 거고."
그러고서 운은 청소기를 돌렸다.
"어이,『그리스인 조르바』를 읽어보면 어때?"
빈방 청소부 운은 청소기를 돌리느라 내 말을 듣지 못했다.
나도 그냥 농담처럼 무심히 던진 말이었다. 그가 듣건 말건 상

관없었다.

　침실의 먼지를 모두 빨아들인 뒤, 운은 청소기를 껐다.

　"왜요? 그 책에 뭐 대단한 게 나와요?"

　"아, 내가 한 말 들었구나. 그러니까 그게 나도 읽어보진 않았지만, 거기 유명한 명장면이 있어. 주인공 둘이 춤을 춘다고."

　"춤을 춰요?"

　"그리스인 조르바와 소설의 화자가 마주 보고서."

　운은 고개를 끄덕였다.

　"어떻게 춤을, 그것도 서로 얼굴 보면서 추지? 심양의 클럽에서는 그냥 술만 마셨는데."

　갑자기 운의 얼굴이 제법 진지해졌다.

　"나는 진짜 이해가 안 가거든요. 사람들은 왜 춤을 춰요? 갈매기야? 왜 퍼덕거려? 뭐 하려고?"

　"그럼, 너는 왜 컴퓨터로 게임을 해?"

　운은 곰곰이 생각하는 눈치더니 침실 밖으로 나갔다.

　나는 침대에 걸터앉아 내게 온 문자메시지를 다시금 확인했다. 직장상사는 온갖 욕설을 내게 보냈다. 하지만 나는 겁이 나는 것이 아니라 킥킥, 웃음만 나왔다. 회사에서 나를 자를 수는 없을 터였다. 아무리 부품이라도 재무부서의 부품은 하루 결근했다고 내버릴 만큼 값싼 부품은 아니었다. 그게 자랑거리인 인생이라니 좀 헛헛해졌다.

희수에게도 다시 몇 통의 문자가 날아왔다.

나는 그녀에게 전화를 걸었다.

"무슨 일이 있었던 거야?"

"네가 믿을 수 없는 일. 그런데 내가 말해도 믿을 수 있어?"

"내가 납득이 가면."

"와, 납득시키기도 힘든데. 납득시키려면 여기 다시 한번 와야 할걸."

"어디?"

"빈방에."

나는 희수와 몇 마디를 더 나누고서 전화를 끊었다. 다행히 희수는 그리 화가 난 눈치는 아니었다.

그때였다. 서재에서 익숙한 음악 소리가 들려왔다. 추억의 SKY 휴대폰 CF에서 시작해 컵라면 CF에까지 쓰였던 힙합 비트의 팝송이었다. 아마 벽걸이 CD플레이어를 재생시킨 듯했다. 침실문을 열고 나가보니 운이 비트에 몸을 실어 서재에서 어색하게 춤을 추었다. 창으로 들어오는 햇빛이 눈부신지 아니면 민망한 건지 살짝 한쪽 눈을 찌푸린 채였다.

"어이, 뭐하는 거야?"

"그러니까 춤춰보고 기분 좋으면 조르바 읽어보려고요."

운은 뻣뻣하게 무릎 관절과 어깨를 움직였다. 바람을 제대로 머금지 않은 풍선인형처럼 어색한 꼴이었다. 나도 모르게 피식 웃음이 나왔다.

"그러니까 춤은 그렇게 추면 흥이 안 난다고."

나는 음악에 맞거나 말거나 내가 대학에 다닐 때 유행했던 이천 년대 초반의 힙합 댄스 비슷한 걸 추었다. 내가 휴대폰 CF에서 보았던 클럽 장면을 떠올리며 몸을 움직여본 것이었다. 운은 내 모습을 보더니 고개를 절레절레 흔들었다.

"게스트님, 진짜 춤 못 추시네요."

"지금 거기도 되게 뻣뻣하거든."

하지만 우리는 춤을 멈추지 않았다. 하루를 통으로 농땡이 친 삼십대의 재무부서 직원과 스스로를 바퀴벌레라고 생각하는 이십대의 전직 해커가 그렇게 춤을 추었다.

사실 누가 볼까 두려웠다. 너무 우스꽝스러울 것 같아서. 심지어 서재 한쪽에 거울이 있는데 그 거울을 눈으로 보지 못할 정도였다.

빈방 청소부 운이 서재 의자에 털썩 주저앉았다. 그는 긴 목을 뒤로 젖힌 채 한참이나 그러고서 아무 말 없이 서재 창으로 들어오는 환한 햇빛을 바라보았다. 그러더니 나를 보고 싱긋 웃었다.

"지금 해보니까 제가 춤에도 재능이 있는 것 같아요."

그러더니 한마디 덧붙였다.

"아무래도 해커가 아니라 다른 것도 할 수 있겠네요."

나는 그의 대답에 직설적인 악플을 날릴까 하다 참았다. 대신 그날 체크아웃 하기 전에 현관 앞에 서서 빈방 청소부에게 물었다.

"이제 그…… 자신만의 명언을 찾은 거야?"

원래 처음 머릿속에 떠오른 질문은 다시 심양으로 돌아갈 건 아니지, 라는 말이었다. 그런데 그 말이 좀 무례하게 느껴질 것도 같았다.

"네, 로그인보다 로그아웃."

"아니, 그 따위가 무슨 명언이야?"

운이 빤히 나를 쳐다보다 말했다.

"왜요? 인생에는 로그인보다 로그아웃이 중요한 순간이 있다, 그게 지금 나한테는 최고 명언인데. 그러니까 나, 당분간 심양에는 안 가요. 비행기 값도 없고. 룡에게 받은 프로그램까지 삭제해서 좀비폰으로 대신 결제할 수도 없고."

나는 마지막으로 빈방 청소부의 웃는 모습을 보며 현관 밖으로 나갔다. 그때 아주 잠깐 진정한 친구를 만난 것 같은 기분이 들었다.

그때 에어비앤비의 출입문을 닫자 곧바로 현관문 잠금장치 잠기는 소리가 들렸다.

아마 운은 청소를 마치고 퇴실하기 전에 이 집의 비밀번호를 바꿀 것이다. 가끔씩 비밀번호를 바꾸는 것, 그것이 비밀을 안고 살 수밖에 없는 사람들이 유쾌함을 유지할 수 있는 몇 가지 방법 중 하나였다. 그거야말로 나도 알고 에어비앤비의 청소부도 아는 어떤 진실이었다. 우리의 패스워드가 우연히 일치하는 순간에만 나와 그는 가까워질 수 있었다. 그것도 주인 없는 빈방 같은 공간에서만.

나는 쪽문을 열고 에어비앤비 건물 밖으로 나왔다. 여전히 주변 게스트하우스 현관 앞에는 나른한 표정의 히피 같은 사내들이 앉아 있었다. 나는 언덕을 내려와 이태원 번화가를 가로질렀다. 평일 오후였지만 아직 이태원 거리를 찾아온 이는 아무도 없었다. 대신 이 거리의 쓰레기는 쓰레기 차가 모두 치운 듯했고, 생맥주용 탄산가스통과 맥주용기 혹은 맥주박스를 가득 실은 트럭들이 곳곳에 서 있었다. 땀범벅이 된 일꾼들은 술집으로 그 용기들을 나르느라 정신없이 움직였다.

"로그인보다 로그아웃."

초여름의 어느 오후, 나는 이태원 에어비앤비의 빈방 청소부가 남겨준 명언을 읊조리며 그 거리를 지나갔다. ■

2015년 JTBC 안 보는 사우나에서 사우나매니저로 일했던 나는 2017년 신상에 두 가지 큰 변화를 겪었다. 하나는 이태원에서 에어비앤비 사업을 시작한 지인에게 룸 세팅 및 청소 프리랜서 제안을 받은 것이었다. 사우나에서 일 년 가까이 정리 정돈을 했으니 에어비앤비 룸 세팅 정도는 손쉽지 않겠느냐는 제안이었다. 역시나 지인의 예상대로 빈방 청소를 하자마자 몇 주 만에 청소 시간이 두 시간에서 한 시간으로 줄어드는 신공을 발휘했다. 귀찮아져서 청소를 대충하기 시작한 것이 아니었다. 방에 들어서자마자 어느 공간을 어떻게 정리해야 하는지 금방 눈에 들어왔다.

2017년은 이십대 때 네일아트 전문지에서 기자생활을 한 이

후 십오 년 만에 다시 전문지 기자로 돌아간 해이기도 했다. 과거 내 소설을 읽고 좋은 인상을 받은 수사전문지 편집장님으로부터 프리랜서 기자생활을 해볼 생각이 없느냐는 연락을 받은 것이었다. 한 달에 두 번 경찰서를 들락거리면서 그 달에 가장 인상적인 사기사건과 살인사건을 취재하는 일이었다.

처음 경찰서 안으로 들어갈 때의 떨리던 순간과 달리 지금은 사랑방 드나들 듯 경찰서를 출입하고 있다. 진술조사실에 들어가 강력반 형사들을 앉혀두고 인터뷰하며 시간을 보내는 일이 이제는 낯설지 않다. 생생한 범죄자 체포 동영상이나 끔찍한 강력범죄 현장 사진을 보는 일도 어느덧 익숙해졌다.

2017년 초여름을 배경으로 한 이 소설 『에어비앤비의 청소부』는 그런 내 신상의 변화와도 약간은 관련이 있을 것이다. 언젠가부터 나는 소설가가 직업이 아니라 삶을 대하는 태도 혹은 세상을 살아가는 개인의 방식이라고 생각하게 되었다. 하지만 내게 세상은 여전히 쉽게 해석되지 않는 공간이며, 어쩌면 섣부른 선과 악이나 무거움과 가벼움의 이분법적 해석을 경계하기 위해 우스꽝스러운 심심풀이처럼 보이는 소설을 쓰는지도 모르겠다. 언제나 내 소설이 마초적인 느낌표나 아카데믹한 마침표가 아니라 각각의 다른 세계들을 연결하는 처연한 기믹(gimmick)의 물음표이기를 꿈꾸면서.

마지막으로 이 소설을 시작하는 데 큰 도움을 준 사람들을 밝히고 싶다. 친하지만 자주 보지 않는 대학 동창인데, 우연히 술자리에서 만났을 때 내 안부를 듣고는 에어비앤비를 배경으로 소설을 쓰면 아무도 안 읽을 것이라고 했다. 아마 그때 좀 삐딱한 마음이 들어서 이 소설을 시작하지 않았나 싶다. 알다시피 삐딱하고 구부정한 마음만큼 소설을 시작하는 데 훌륭한 자극제는 없다.

직장상사이자 아끼는 동생인 『수사연구』 임종현 편집장님이 아니었다면 『에어비앤비의 청소부』는 아예 시작할 엄두를 내지 못했을 것이다. 임종현 편집장님은 이십대 때는 지나간 신화의 세계에 빠져 살고, 삼십대 후반에야 겨우 현실을 엿본 나를 삶과 죽음의 한 몸뚱이가 자신의 꼬리를 물려고 빙글빙글 도는 세계로 안내해주었다.

함께 책을 만든 은행나무 편집팀 역시 고맙다. 어느새 엄한 아빠처럼 변한 백다흠 편집장과 처음 함께 일한 김서해 편집자님의 도움으로 소설의 몇몇 부분들이 우아하고 팽팽해졌다.

2018년 가을
박생강

에어비앤비의 청소부

1판 1쇄 인쇄 2018년　9월 21일
1판 1쇄 발행 2018년 10월　1일

지은이 · 박생강
펴낸이 · 주연선

책임편집 · 백다흠
표지 및 본문디자인 · 권예진
마케팅 · 장병수 최수현 김다은 이한솔
관리 · 김두만 유효정 박초희

(주)은행나무
04035 서울특별시 마포구 양화로11길 54
전화 · 02)3143-0651~3 ｜ 팩스 · 02)3143-0654
신고번호 · 제 1997-000168호(1997. 12. 12)
www.ehbook.co.kr
ehbook@ehbook.co.kr

잘못된 책은 바꿔드립니다.

ISBN 979-11-88810-59-8 (03810)